LE PORTRAIT,

ou

LA VALLÉE

DES TOMBEAUX.

DE L'IMPRIMERIE DE COUSIN-DANELLE, RENNES.

LE PORTRAIT,

OU

LA VALLÉE

DES TOMBEAUX,

PAR L'AUTEUR D'ARMAND ET ANGÉLA.

TOME PREMIER.

PARIS,

CHEZ BÉCHET, LIBRAIRE, QUAI DES AUGUSTINS, NUMÉRO 63.

1814.

LE PORTRAIT,

OU

LA VALLÉE

DES TOMBEAUX.

~~~~~~~~

CHAPITRE PREMIER.

————

Le jeune comte Gustave de Norlis,
possesseur d'une grande fortune,
et destiné par sa haute naissance à
jouer le rôle le plus brillant à la cour,
avait eu la sagesse, ou la singularité

si l'on veut, de préférer, à vingt-
trois ans, le titre obscur de seigneur
de village. Une longue paix, en lui
interdisant l'espérance de s'illustrer
dans les combats, lui avait inspiré
le désir de chercher dans l'exercice
de la bienfaisance une gloire moins
éclatante, mais plus solide. Inconnu
au monde, cher à la vertu, tout ce
qui était malheureux avait des droits
sur son cœur ; formé par la nature
pour aimer ou plaindre, son ame
énergique et noble avait besoin d'être
utile aux autres pour aimer la vie ;
l'honneur était son idole, l'amitié
l'objet de son culte, et l'amour celui
de ses désirs.

Riche et libre de choisir la compagne de sa vie, Gustave n'avait
point encore rencontré la beauté
simple et ingénue qui devait l'en-

chaîner sans retour; mais le tems
approche où Gustave de Norlis con-
naîtra le tourment des passions, et
où ce cœur, calme et tranquille
comme un beau jour du printems,
sera agité comme un jour orageux
de la brûlante saison de l'été........
L'amour, en disposant tyrannique.
ment de son sort, lui prépare des
combats, et va lui imposer de cruels
sacrifices.

Le comte de Norlis aura-t-il toujours la force héroïque d'immoler
son bonheur à celui des autres ?
L'ami de l'humanité, qui consacra
les premiers beaux jours de sa vie
à la bienfaisance et à la vertu, ne se
démentira-t-il pas dans le cours
d'une pénible carrière ? C'est ce que
la suite de cette histoire apprendra
à nos lecteurs. Dans cet instant,

qu'il leur suffise de savoir que, fixé
dans la solitude par goût, notre
héros commence pourtant à sentir
que soulager le malheur ne donne
pas entièrement le bonheur, et qu'il
existe encore une autre source de
félicité.

Trop sage pour être ambitieux ,
trop humain pour être guerrier ,
trop fier pour être courtisan, et trop
sensible pour être orgueilleux d'un
vain titre, ce n'est ni à la fortune,
ni à la gloire, ni au monde, que
Gustave demande le bonheur après
lequel son ame avide d'émotions
soupire. Non, c'est à l'amour que
le plus généreux des hommes veut
s'adresser pour obtenir des biens
plus solides.

Entouré des objets de ses bienfaits, Gustave a des inférieurs re-

connaissans, mais il ne possède
pas un ami ; il est l'arbitre du bonheur de tout ce qui l'environne, et
personne ne s'occupe du sien. Un
seul de ses regards fait naître la
joie autour de lui, et la joie est
étrangère à son cœur ; car il n'aime
rien : un jour peut-être, après avoir
connu le sentiment après lequel
son ame ardente soupire, Gustave
regrettera-t-il sa paisible indifférence, sa tranquille solitude, et
les plaisirs si purs de la bienfaisance. Mais, dans cet instant, le
comte de Norlis est agité par les
désirs inquiets, qui furent toujours
dans le cœur de l'homme les pré-
curseurs des passions hostiles ; il
rêve un bonheur inconnu ; il appèle
une situation nouvelle. Semblable

au nautonnier au sein du calme, Gustave soupire après les orages : aimer, être aimé, voilà tout ce qu'il demande au ciel ; dût-il mourir après, il trouve qu'il aura assez vécu, si l'amour daigne se charger d'embellir quelques instans de sa passagère existence.

Pauvre Gustave ! un tranquille bonheur a cessé d'être du bonheur pour ton ame ; tu vois déjà, dans tes songes enchanteurs, l'amante chérie qui doit disposer du sort de ta vie entière... Tremble, Gustave ! car la réalité s'approche, et tu vas être bien malheureux !....

Puisse le récit naïf et simple de tes combats, de tes sacrifices et de tes longs tourmens, intéresser les cœurs sensibles, et obtenir une

larme de pitié sur ton sort , ainsi
que sur celui de la belle Mélica.

C'est l'unique vœu de l'historien
de cette nouvelle.

CHAPITRE II.

Il y avait déjà plusieurs mois que le comte de Norlis, tourmenté d'une vague inquiétude, n'éprouvait plus le même plaisir que jadis à répandre le bonheur autour de lui. Livré à de longues méditations, les pauvres de ses vastes domaines étaient aussi efficacement soulagés, mais il ne les visitait plus avec autant d'assiduité ; ses vastes ateliers donnaient toujours du travail à l'indigent laborieux ; mais Gustave avait cessé de distribuer lui-même les récompenses. Le malheur était encore soulagé ; la vertu n'était plus récompensée par les regards de monseigneur ; chacun se demandait la cause d'un tel changement. La tristesse sans motif qu'éprouvait le jeune comte se répandait autour de lui ; car on supposait à sa mélancolie quelque cause inconnue. Le pauvre, toujours occupé, souvent malheureux, ne connaît pas les tourmens de l'imagination, et ignorera toujours qu'il existe des peines plus grandes que celles du besoin.

Telle était la situation du comte de Norlis, lorsqu'un événement extraordinaire vint le tirer de la sombre langueur où son ame était plongée.

Un jour, enseveli dans une profonde méditation, M. de Norlis était assis au pied d'un arbre; il tenait à la main un livre bien dangereux pour lui, car il parlait d'amour. Après avoir dévoré avec ardeur la peinture énergique d'un sentiment qu'il brûle d'éprouver , Gustave laisse tomber sa tête dans ses mains et s'élance dans la sphère aérienne de l'imagination; il voit dans ses rêves brillans la beauté qui doit lui faire connaître enfin le bonheur. Rien n'est aimable , séduisant et vertueux comme elle ; car Gustave place toujours dans son cœur l'image de la vertu à côté de celle de la félicité; il sait que ces deux filles du ciel sont inséparables, et qu'on se flatterait en vain de fixer le bonheur sur ses traces , si on avait renoncé à la vertu.

Tout à coup Gustave est arraché

à sa douce rêverie par la voix de son intendant, qui paraît devant lui accompagné d'un courrier. Voilà monseigneur, dit Wasky à l'étranger. Le courrier s'incline en silence et présente au comte de Norlis un paquet ; Gustave reconnaît les armes et la livrée du duc Arnoldy de Mandoff, son oncle et le chef de la maison de sa mère.

Gustave, étonné de recevoir une preuve de souvenir de la part d'un homme qui, depuis sa naissance, ne lui a témoigné ni bienveillance, ni intérêt, ne peut deviner quel est le motif du message du duc de Mandoff; cependant il accueille son envoyé avec la douce bienveillance qui le caractérise, et après avoir chargé son intendant de prendre soin du courrier napolitain, M. de Norlis retourne au château de Vernoy, pour lire avec attention la lettre importante qui doit, sans qu'il puisse s'en douter, changer le sort de sa vie entière.

Rentré dans son appartement, Gustave brise avec émotion le cachet de la lettre d'un parent respectable. Ses yeux se fixent sur ces caractères qui doivent lui être chers, et il soupire ; car il pense à sa mère. Il sait que toute sa vie la comtesse de Norlis a regretté le beau séjour de Naples, le magnifique palais de ses aïeux, et pleuré l'indifférence d'un frère qui n'avait pour elle ni tendresse ni amitié. La douce Floretta chérissait l'impérieux Arnoldy, et ne pouvait se consoler de n'en être pas aimée. En mourant elle avait, mais inutilement, recommandé aux soins du duc de Mandolf l'orphelin qu'elle laissait sur la terre. Occupé de projets d'ambition et de vengeance, l'orgueilleux Arnoldy s'était fort peu embarrassé de l'enfant de Floretta, et il ne s'en serait jamais rappelé le souvenir sans un évènement très-important pour lui, qui le força à avoir recours à Gustave.

M. de Norlis, après avoir laissé passer les premiers momens d'une douce et pénible émotion, reprit la lettre qu'il n'avait pas eu le courage de lire tout de suite, comme si un instinct prophétique lui eût révélé la triste influence que ce message devait avoir sur toute sa vie; enfin Gustave s'étonne de son trouble, s'en indigne, et s'armant de courage, il lit la lettre suivante :

**

Le duc DE MANDOFF au comte DE NORLIS.

Avoir un tort est d'un homme, en convenir est d'un sage, le réparer est d'un héros ; voilà mon vœu le plus cher, et c'est à vous, Gustave, que je m'adresse, pour me faciliter les moyens de parvenir à mon but ; vous seul pouvez me rendre le service de détruire le mal que j'ai fait, bien involontairement, à un de mes semblables. L'histoire de cette faute, ou plutôt de cette erreur, sèrait trop longue à vous raconter ; qu'il vous suffise de savoir ce que j'attends de votre amitié ; le voici :

Dans une chaumière située sur le Montanvert habite un fugitif avec sa fille, créature superbe, âgée de seize ans. Cet homme, étranger à la

Suisse, se cache à tous les regards;
il a pris le nom d'Ambrosio. Défiant
et soupçonneux, personne ne peut
l'approcher; tout ce qui est italien
ou ce qui vient d'Italie est suspect
au faux Ambrosio. Il serait pourtant bien essentiel à son bonheur et
à mon repos qu'il apprît que le roi
connaît enfin son innocence, et que
ses jours ne sont plus menacés par
la justice. Vous, Gustave, comme
français, vous pouvez vous intro-
duire dans la chaumière du Montanvert, gagner la confiance d'Ambrosio, et savoir de lui s'il est effectivement le proscrit que je cherche
depuis si long-tems pour lui rendre
l'honneur et le repos. Mais comme
cet infortuné m'accuse bien à tort
d'avoir causé tous ses malheurs,
gardez-vous bien de paraître devant

lui sous votre véritable nom. *Il sait
que ma sœur épousa le comte de
Norlis, et ce nom, prononcé devant
lui, renverserait à jamais tous nos
projets de bienfaisance : voyagez
sous le titre du comte Herbert
de Waldek : ce seigneur allemand
est en France, et doit effectivement
visiter, sous quelques mois, les glaciers de la Suisse; Ambrosio vous
prendra sans peine pour lui. Quand
vous serez introduit dans sa chaumière, envoyez-m'en le dessin, avec
le portrait bien ressemblant du père
et de la fille; si vous pouviez en même
tems y joindre quelques lignes de
l'écriture du prétendu Ambrosio,
je serais plus content. Vous sentez,
mon cher Gustave, que dans la place
importante que j'occupe, être trompe,
voilà mon partage; avoir des regrets*

est mon sort; chercher à réparer mes fautes, voilà mon devoir; il est digne de vous, noble Gustave, de m'aider à remplir cette tâche honorable.

La renommée m'a instruit de vos rares vertus, de votre caractère généreux et de votre touchante bienfaisance; je suis donc sûr qu'en vous donnant les moyens de terminer les souffrances de deux infortunés dignes d'un meilleur sort, c'est vous procurer la plus douce jouissance, et vous prouver que quoiqu'absent, le fils de Fioretta est toujours cher à mon cœur. Afin de justifier de si doux sentimens, hâtez-vous, Gustave, de vous servir des portraits que je joins ici, pour m'apprendre si mes agens ne m'ont point trompé en me disant que l'étranger et sa fille, qui habitent les glaciers de la Suisse, sont les

mêmes personnes que je cherche ;
s'il en est ainsi , répondez-moi sur-
le-champ , et hâtez-vous de soulager
mon cœur du poids qui l'accable , en
me donnant les moyens de réparer
une injustice involontaire dont le sou-
venir est pénible pour le duc

ARNOLDY DE MANDOFF.

La lecture de cette étrange lettre,
en piquant la curiosité de Gustave,
lui causa le plus grand étonnement ;
la mission de bienfaisance que lui
confiait le duc de Mandoff, en tirant
M. de Norlis de sa sombre langueur,
ouvrait devant lui le vaste champ
de l'espérance : il tient donc dans
ses mains la destinée d'une femme
jeune et belle, qu'un caprice de la
fortune a réduite à un état obscur ;
son portrait va être sous ses yeux ;

il pourra encore, inconnu à ses regards, savourer le plaisir de contempler cette beauté superbe qui lui devra un jour gloire et fortune, peut-être plus encore ; car Gustave songe sans cesse à l'amour.

Eprouvant le désir de sentir enfin cette terrible passion qui doit avoir une si grande influence sur toute sa destinée, le comte de Norlis saisit la boîte qui renferme le portrait de l'inconnue ; mais, au moment de contempler cette image qu'il suppose devoir être enchanteresse, Gustave balance et s'arrête ; il éprouve un mélange de désir et de crainte que rien ne peut exprimer, un pressentiment secret de la destinée qui l'attend, et de l'influence que ce portrait aura sur tout son avenir, suspend M. de Norlis sur

le bord du précipice dans lequel
il est près de tomber.

Tour à tour inquiet et rassuré,
combattu et entraîné, Gustave appèle l'amour; il voit l'amour prêt
à lui répondre, et Gustave sent
qu'il va perdre le repos de sa vie.
Enfin la passion l'emporte, et M. de
Norlis est résolu de braver tous les
dangers pour contempler cette inconnue dont l'image séduisante
s'offre à lui. Une crainte cependant l'arrête encore; il brûle de
voir les traits de celle dont le malheur a fait une bergère du Montanvert, et que l'imagination brillante de Gustave déifie; en même
tems il craint de perdre une illu-
sion trop chère, et tremble que la
réalité ne soit bien au-dessous de
l'image aërienne qu'il s'est tracée;

enfin, le désir de connaître cette
étrangère l'emporte; le comte de
Norlis ouvre la boîte : quelle est
sa surprise d'y trouver un portrait
représentant une femme vêtue en
bergère, et couronnant un buste
avec des immortelles ! L'attitude
de l'inconnue est charmante, et les
accessoires qui l'environnent d'un
effet aussi gracieux que pittoresque;
à en juger par eux, cette femme
doit être dans le printems de sa
vie; son bras et sa main semblent
appartenir à la Vénus d'Appelle;
sa taille est élégante et souple; un
lien de fleurs en dessine les con-
tours sans en cacher les formes;
de beaux cheveux blonds ornent
son cou d'albâtre, et empêchent
l'œil de se fixer sur des charmes
que la pudeur couvre de sa noble

égide ; le pied charmant et léger de
la bergère se pose sans les flétrir
sur les fleurs dont ses pas sont jon-
chés; autour de cet enfant de la
nature tout est simple , rien n'est
rustique; mais par quel caprice ,
pensa Gustave, la charmante figure
que doit avoir cette inconnue est-
elle voilée? Au-dessus de sa tête
plane dans les airs un amour ailé ,
qui fait de vains efforts pour enlever à la jeune bergère le voile qui
cache ses traits; il ne peut y réussir,
et pleure de l'impuissance de son
pouvoir. Rien ne peut peindre l'impression que produisit sur le cœur
et sur la tête de Gustave ce portrait voilé ; une réalité , telle séduisante qu'elle eût été , aurait eu moins
d'empire sur l'imagination du comte
de Norlis, que cette mystérieuse

beauté, qui ne lui apparaissait que
sous un voile importun et jaloux.
Tout ce qu'il voit de charmes et
d'attraits lui révèle le secret de ceux
que le caprice ou la prudence lui
cache : il y aura donc dans ses relations avec elle le mystère et le
vague, qui peuvent seuls charmer
l'imagination romanesque du comte
de Norlis; il l'aura connue sans la
voir : elle le verra sans le connaître ;
le comte de Valdeck sera peut-être
aimé, tandis que Gustave de Norlis
lui rendra seul le bonheur et la
gloire. Quel triomphe, après l'avoir
replacée au faîte des grandeurs,
de pouvoir lui dire : Je vous ai dévoué ma vie sans vous connaître,
et c'est à l'amant de votre choix
que vous devez la fin de vos malheurs ! Bercé par d'aussi agréables

chimères, Gustave déposa le premier baiser d'amour sur le voile qui lui cachait les traits de la bergère du Montanvert, et il suspendit le songe de ses agréables chimères pour s'occuper des préparatifs de son départ pour la Suisse.

CHAPITRE III.

LE courrier du duc de Mandoff, qui avait reçu de son maître d'amples instructions et beaucoup d'argent , répandit adroitement parmi les gens de M. de Norlis les bruits les plus flatteurs sur le compte du ministre napolitain. Suivant Antonio , rien n'égalait la bonté, la générosité, la bienfaisance du seigneur. Adoré des peuples, craint des méchans, l'appui des faibles et le soutien du trône, le duc de Mandoff était à la fois l'ami, le conseil et le favori du souverain qui régnait à Naples. Des éloges qui ne lui paraissaient pas suspects persuadèrent sans peine Gustave, et lui causèrent une douce satisfaction ; l'idée d'être associé à son oncle dans un ministère de bienfaisance, lui rendit le duc de Mandoff bien cher, et M. de Norlis sentit à la fois du bonheur et de l'orgueil des hautes destinées auxquelles un parent si proche était appelé par la providence.

Lorsque tous les préparatifs de son voyage furent faits, Gustave, pour ne point trahir le secret que son oncle avait exigé de lui, partit seul avec un valet de chambre qui lui était tout dévoué, en faisant à ses gens un mystère du but et du terme de son voyage. Arrivé à Lyon, M. de Norlis, qui avait le désir,

tout en servant la cause du duc de
Mandoff, de faire réussir ses projets
romanesques, crut qu'il serait plus
avantageux pour lui de ne point
paraître devant la bergère du Montanvert sous le nom d'un riche seigneur allemand.

Gustave voulait être aimé pour
lui-même; il craignait que le rang et
l'opulence du comte de Valdeck ne
séduisissent la jeune imagination de
l'inconnue. En conséquence, persuadé qu'il était fort égal au ministre
qu'il s'introduisît chez Ambrosio
sous un nom ou sous un autre, il
prit celui de Charles Médavy,
résolu de se faire passer pour un
peintre de profession voyageant en
Suisse pour y prendre des vues.
Julien, son valet de chambre, eut
ordre de ne point le suivre et de

rester à Lyon, pour y attendre de nouveaux renseignemens sur la conduite qu'il aurait à tenir.

Toutes ces précautions une fois prises, le comte de Norlis, métamorphosé en simple émule de l'art des Raphaël, son porte-feuille et sa boîte de couleurs pour tout bien, partit seul et sans guide, monté sur un petit cheval barbe, qui portait à la fois le bagage, la personne et tous les projets romanesques de son maître. Le voyage de Gustave se fit heureusement et rapidement jusqu'à Salanches.

Arrivé dans ce lieu célèbre parmi les voyageurs des glaciers, le prétendu Charles prit un guide pour le conduire au Montanvert. Tout en cheminant avec lui, M. de Norlis lui adressa plusieurs questions sur

les habitans de la montagne; mais
soit prudence ou dissimulation, le
guide ne répondit pas d'une manière satisfaisante aux demandes
du peintre errant, qui fut obligé,
par son laconisme, de mettre fin
à ses nombreuses questions. Forcé
au silence, M. de Norlis tomba
dans une profonde rêverie, causée
par le souvenir de cette inconnue,
si chère à son imagination romanesque.

Il y avait déjà long-tems que
notre héros se livrait à ces fan-
tastiques images qui ne procurent
pas toujours le bonheur, et qui en
éloignent le plus souvent, lorsque
son cheval effrayé se cabra, et faisant des sauts épouvantables, jeta
rudement son cavalier sur la som-
mité d'une roche ; la tête du

malheureux Gustave porta ; bientôt son visage fut couvert de sang.
Le jeune habitant de Chamonix ,
effrayé de l'état du pauvre voya-
yeur, et le croyant mort, se mit à
pousser des cris épouvantables :
ses larmes et son désespoir ne pouvaient secourir Gustave , même
être entendus de lui, car il était sans
connaissance. La nuit approchait,
le froid commençait à se faire
sentir, et la situation de M. de
Norlis devenait de moment en moment plus dangereuse, lorsque le
ciel, protecteur du pélerin errant,
envoya à son secours un de ces
anges propices au malheur. Un
pâtre de la montagne, qui se ren-
dait à sa rustique habitation, entendit les cris du petit Péters ; il
se douta qu'il était arrivé quelqu'ac-

cident à un pauvre voyageur, et il s'empressa, guidé par la voix de l'enfant, d'accourir à son aide. La vue d'un étranger sans mouvement et couvert de sang pénétra son cœur de la pitié la plus profonde; il déchira son mouchoir, banda la plaie du pauvre Gustave, et le chargeant sur ses épaules, il résolut de le transporter au presbytère de Salanches. Mais le zèle du bon Simon surpassait ses forces ; le chemin était glissant, la nuit commençait à étendre son voile ténébreux sur la montagne, et la route pour revenir sur ses pas était encore longue. Arrivé devant la porte d'une chaumière isolée, Simon, succombant sous le poids du fardeau que son zèle pour l'humanité lui avait fait prendre s'arrêta, et dit à

Péters d'une voix éteinte : **Il m'est
impossible d'aller plus loin ; je sens
que je me meurs.** Péters, effrayé
de se trouver seul dans la solitude
entre un homme mort (car il croyait
le jeune voyageur privé de vie) et
un homme mourant, se mit de
nouveau à pousser des cris épouvantables : ses gémissemens et ses
larmes furent entendus de l'inté-
rieur de la chaumière ; la porte s'ouvrit, et un homme, une lanterne
d'une main, un bâton noueux de
l'autre, parut à l'entrée de sa rustique habitation. Que signifie tout
ce bruit, demanda-t-il à l'enfant ?
Péters lui montra Gustave étendu
par terre sans mouvement, et
Simon appuyé sur la pierre mous-
seuse. L'habitant de la chaumière,
ému de compassion, prit Gustave

dans ses bras, le porta sur un lit de paille qui était dans le fond de son modeste asyle, et faisant entrer Simon, il lui donna un petit verre de liqueur pour le réchauffer. Le repos et la présence d'un feu clair eurent bientôt rendu au bon chevrier ses forces et son courage. Après quelques instans de repos, il retourna auprès de sa famille, tranquillisé sur le sort du voyageur, puisqu'il avait enfin trouvé un asyle.

Ambrosio, car c'était lui-même, visita la blessure de Gustave, la trouva plus profonde que dangereuse, et après l'avoir pansé avec un baume salutaire et lui avoir fait avaler quelques gouttes d'un cordial spiritueux, il eut la douce consolation de lui voir reprendre ses sens. Gustave, en ouvrant les yeux, regarda autour de lui et aperçut une vision qu'il crut céleste : c'était une jeune femme vêtue en bergère suisse : rien n'était plus beau et plus séduisant qu'elle; sa main d'albâtre présentait à Gustave une eau spiritueuse composée avec les simples salutaires de la vallée de Chamonix ; ses beaux yeux bleus, fixés avec attendrissement sur le pauvre voyageur, peignaient à la fois la douleur et la pitié ; son costume simple et pittoresque était si bien assorti avec le genre de beauté qu'elle avait reçue du ciel, que l'amant du beau idéal ne lui aurait pas désiré une autre parure.

M. de Norlis, ému par la reconnaissance, l'admiration et la surprise, devina sans peine qu'il était en présence de la fille du proscrit ;

son sang circula plus vîte dans ses
veines, son cœur palpita, et il
éprouva une joie extrême en son-
geant qu'il était destiné à rendre au
bonheur ces mêmes êtres généreux qui venaient de lui sauver la
vie. Doux échange de bienfaits,
c'est donc sous vos auspices que
l'amour va naître dans ces deux
cœurs si dignes de s'entendre, des-
tinés à s'aimer! le malheur les rassemble sous le toit de l'indigence,
afin qu'ils apprennent à mieux se
connaître! Passionné Gustave,
tendre Mélica, l'amour en vous
unissant vous donnera-t-il le bonheur? C'est un mystère que le tems
seul vous dévoilera.

CHAPITRE IV.

La blessure de Gustave , qui n'avait pas paru dangereuse au premier aspect, fut très-longue à se refermer , et exigea des soins assidus. Le compatissant Ambrosio et sa fille remplirent sans lassitude le pieux ministère que le ciel leur confiait. La nourrice de Mélica , seule servante qu'il y eut dans la rustique habitation , secondait si bien le zèle de ses maîtres que dans le château même de Vernoix le comte de Norlis n'aurait pas été mieux servi ni plus soigné ; son respect envers Ambrosio, et son admiration pour Mélica, exaltés encore par la reconnaissance, rendirent Gustave bien éloquent pour peindre tout ce qui se passait dans son cœur, et il n'était pas encore hors de danger, qu'il parlait déjà d'un long avenir consacré au plus doux sentiment.

Ambrosio souriait en entendant les expressions passionnées dont se servait le peintre errant, et il n'attribuait qu'à l'exaltation qu'inspire le culte des beaux arts l'enthousiasme avec lequel l'artiste français lui parlait de la belle Mélica. D'ailleurs Ambrosio, incapable de soupçonner Charles d'user de déguisement, ne le croyait que ce qu'il voulait paraître, et sa fierté, que de longs malheurs n'avaient pu

détruire, l'empêchait de croire un
seul instant que son jeune hôte pût
avoir la pensée de songer à l'amour
en étant près de Mélica. Il oubliait
qu'en apparence leurs sorts paraissaient aussi obscurs l'un que l'autre,
et que vivant sous le même toit,
tous deux jeunes et sensibles, com-
menceraient par s'aimer, finiraient
par se le dire. Ambrosio connaissait la cour, mais ne connaissait
pas le cœur humain; les mystères
de la politique lui avaient été dévoilés par une longue observation,
et occupé uniquement à les pénétrer, ceux des passions lui étaient
restés inconnus.

Mélica adorait son père; Ambrosio le savait : sûr du cœur de
sa fille, il ne songeait pas qu'un
autre sentiment aussi fort et plus

dangereux pouvait, sous le voile
de la pitié, s'emparer de cette ame
neuve et pure. Tranquille donc sur
les bords d'un abîme, le proscrit
napolitain, se croyant à l'abri des
poursuites de son persécuteur, ne
songeait pas que d'autres dangers
menaçaient son repos, et se livrait
sans défiance comme sans allar-
mes au penchant que lui inspirait
le jeune Charles.

Entraîné par une sympathie qu'il
n'avait encore éprouvée pour personne, Ambrosio ne dissimula pas
long-tems à celui qui lui devait la
vie combien une injuste proscription avait changé son avenir ; il
poussa même l'abandon jusqu'à
nommer sa patrie ; mais il cacha
au faux Médavy son vrai nom et
celui de son persécuteur.

Afin de l'éclairer sur des préventions qui avaient été si funestes à
son repos, Gustave désirait obtenir
la confiance entière de l'illustre
proscrit ; mais ne voulant pas lui
donner lieu de deviner ses relations
avec le duc de Mandoff, le comte
de Norlis mit beaucoup de prudence et de discrétion dans des
demandes faites avec tant de simplicité, qu'Ambrosio ne put jamais
soupçonner l'intérêt puissant qui
attachait son hôte à la destinée d'un
libérateur généreux. Pendant la con-
valescence de Gustave, les habitans du Montanvert firent leurs
efforts pour charmer les longues
heures de la douleur et de la solitude par tous les moyens qui furent
en leur pouvoir. Mélica possédait
de grands talens, qui ne furent pas

long-tems un mystère pour Gustave. La poésie, la musique, la
lecture et le dessin occupaient tous
les instans que ne réclamaient pas
les soins du champêtre ménage, ou
les travaux de son sexe.

Avec quelle touchante émotion le
jeune comte voyait Mélica quitter
le pinceau d'Appelle ou la lyre
d'Orphée pour prendre l'agile rouet
des filles de Salanches, et la que-
nouille des habitans de Chamonix !
Quelquefois émule de Linnée, en
parcourant les glaciers avec son
père et le jeune convalescent, elle
quittait une conversation agréable
pour chercher à découvrir la plante
salutaire qui devait lui servir à
composer le dictame bienfaisant
qui endort la douleur et calme la
souffrance.

Tremblant pour sa sûreté, oubliant qu'il n'avait pas encore re-
couvré ses forces, le comte de
Norlis se hâtait à son tour de voler
sur les traces de l'oréade du Montanvert, et lorsqu'il voyait son
pied, léger comme celui d'une
sylphide, laisser à peine la trace
de ses pas sur les neiges de la mo-
bile avalanche, Gustave, inquiet
et troublé, osait à peine respirer,
dans la crainte de voir s'ébranler
autour d'eux ces glaces perfides,
qui cachent un abîme ou préparent
un danger au voyageur sans défiance.

De retour près de son père, et
suivie de Gustave, Mélica rappor-
tait en triomphe le produit de sa
course champêtre.

Le génie brillant de l'aimable

bergère embellissait l'histoire si simple de ces filles de Flore, qui, nées dans les montagnes et destinées à vivre au milieu des neiges éternelles, n'avaient pas encore eu à cette époque d'historiens, de chantres ni de poëtes.

Lorsqu'une de ces fleurs avait causé une allarme au tendre Gustave, ou inspiré une jolie idée à Mélica, le pinceau des deux amans, inspiré par le même motif, se plaisait à lui donner sur la toile une existence plus durable. Toujours ensemble, toujours occupés l'un de l'autre, ne se parlant jamais d'amour, éloignant même avec soin une idée qui ne lui inspirait que de l'épouvante, Mélica ne vivait que de sentiment, et ne croyait pas être le jouet d'une passion. Ambrosio, plus instruit, aurait dû être plus clairvoyant ; mais Ambrosio n'avait jamais connu l'amour tendre et délicat, tel que le ressent une femme sensible : il était accoutumé à le voir impérieux, violent, emporté, jaloux, et celui de Mélica faisait si peu de bruit que son père ne soupçonnait même pas son existence. D'ailleurs, le fier et noble Ambrosio ne croyait pas que l'héritière d'un nom illustre pût jamais s'abaisser à chérir l'obscur favori des beaux arts.

Tranquille et calme, n'ayant qu'une idée, celle de sa proscription, qu'un désir, celui de remonter au faîte des grandeurs, le proscrit napolitain jouissait sans allarme du plaisir que lui causait l'aimable société du peintre français, et quelquefois nourrissait dans son cœur le désir de l'attacher à sa personne et de le fixer sous le ciel inspirateur de l'Italie, si jamais il recouvrait une existence et une patrie.

Tandis que les habitans de la chaumière du Montanvert se livrent, chacun de leur côté, à des espérances ou à des pensées bien différentes, le tems s'écoule, M. de Norlis ne reçoit aucun éclaircissement de ses hôtes, et il ne peut par conséquent satisfaire l'impatience du duc de Mandoff, qui lui a déjà écrit plusieurs lettres à Lyon, et qui lui témoigne un extrême désir de voir ses doutes éclaircis.

Gustave ne peut encore rien lui apprendre sur le sort d'Ambrosio ; les détails que ce dernier lui a don-

nés sur l'existence brillante dont il
a joui sont bien conformes à la
lettre du duc, mais le portrait que
Gustave possède, et qui lui a été
envoyé pour détruire toute incerti‑
tude, ne peut rien lui apprendre,
puisqu'il est voilé comme l'avenir
aux regards des mortels.

Le comte de Norlis sait que
dans les commencemens d'un nou‑
veau règne, Naples a vu plusieurs
seigneurs favoris de l'ancien mo‑
narque, obligés d'abandonner la
cour du jeune roi pour fuir son ini‑
mitié.

Ambrosio est du nombre de ces
proscrits, il n'y a pas de doute, et
son propre aveu confirme son mal‑
heur; mais est-il l'infortuné que le
duc de Mandoff cherche pour lui
rendre son honneur et sa patrie?

c'est ce que le comte de Norlis ne peut découvrir.

Inquiet, tourmenté, au sein d'une profonde solitude, Gustave ose à peine être l'amant de Mélica et le consolateur d'Ambrosio ; il cherche, mais en vain, à faire naître la confiance ; il voit qu'il n'a réussi à inspirer que de l'amour, et ce sentiment même est un nouveau supplice pour le cœur généreux du comte de Norlis. Il adore Mélica, il voit qu'il est aimé, le ciel paraît s'ouvrir pour lui, et l'honneur lui défend de faire connaître qu'il a deviné un secret si cher.

Que dirait le fier Ambrosio, que penserait la naïve Mélica elle-même, si on soulevait à ses regards innocens le voile épais qui lui cache la situation de son ame? Le comte de Norlis, sous le nom obscur d'un enfant des beaux arts , doit se taire et n'ose espérer qu'un évènement qu'il ne peut prévoir vienne apprendre à ses hôtes le secret de sa destinée, en leur faisant connaître celui de son amour.

CHAPITRE V.

LES jours s'écoulaient, pour les habitans de la chaumière du Montanvert : rien ne changeait la situation de leurs ames. Ambrosio était toujours aussi peu disposé à la confiance, et le comte de Norlis se voyait forcé d'écrire sans cesse au duc de Mandoff qu'il n'avait encore rien pu découvrir des secrets du mystérieux italien, lorsqu'un jour Mélica voyant son père plus triste et plus inquiet que de coutume, lui offrit de faire une lecture qui pût le distraire de ses cruels souvenirs.

Mélica , répondit Ambrosio d'un air chagrin, je vous remercie de votre attention, mais vous savez que je possède très-peu de livres , et que tous ceux qui sont ici me sont trop connus pour que je puisse trouver du plaisir à les entendre.

Je porte toujours dans mes voyages , reprit Gustave , les poésies de l'Homère des persans. Peut-être cet ouvrage est-il moins présent à votre mémoire que ceux des auteurs de notre savante Europe ?

En effet , répondit Ambrosio , je ne connais Ferdoncy que de nom , et je serais bien aise d'entendre quelques-uns de ses chants, tant admirés des orientaux.

Gustave s'inclina en présentant

un livre à Mélica. Cette dernière
l'ouvrit, et lut d'une voix touchante
ce qui suit :

« Quel malheureux destin, ô
» Ferdoncy ! est venu briser le
» palmier de ta prospérité au mo-
» ment de sa plus belle croissance?
» Ton ame ardente avait consacré
» au héros de la Perse trente an-
» nées d'or, la fleur de ta jeunesse.
» Mahmoud envoie au poëte une
» vile récompense de son immor-
» tel ouvrage : indigné, Ferdoncy
» jette aux esclaves l'or de l'avare
» monarque, et fuit loin de son
» trône.

» Son chagrin s'exhalait en re-
» proches amers, tandis qu'il don-
» nait tous ses soins à une fille
» chérie.

» Un jour Mahmoud étant allé
» à la chasse, entend au milieu des
» forêts un chant ravissant. —
» D'où viennent ces sons qui ap-
» pèlent mes larmes, ces paroles
» de feu qui pénètrent mon cœur?
» Quel auteur fit croître ces ma-
» gnifiques fleurs de la poésie ?

» Un émir répond :

» C'est Ferdoncy, grand prince,
» ce Ferdoncy qui vit loin de ta
» cour , dont il était jadis la perle,
» ce poëte qui réveilla la gloire
» des anciens héros de la Perse,
» et qui fit briller dans ses chants
» l'image d'un meilleur monde. Il
» a composé ces vers que je viens
» de chanter.

» L'ame du monarque fut émue
» de repentir et de douleur. Il fait
» ouvrir son trésor ; il rassemble

» les diamans, les habits de draps
» d'or, les pelisses ornées de perles,
» rien ne lui semble assez précieux
» pour le génie. Courez vers la
» ville de Thous, dit-il à ses es-
» claves ; que vos pas soient ra-
» pides comme mes paroles ; que
» Ferdoncy s'approche du trône
» où éclate l'astre de ma grandeur :
» il peut demander tout ce qu'il dé-
» sire, il peut compter sur une
» faveur sans bornes. J'en jure
» par les étoiles du firmament, ja-
» mais on ne pourra l'éloigner de
» mon cœur !...

» Les esclaves marchent vers
» Thous. Ils rencontrent la fille
» du poëte.

» — Que cherchez - vous, ô
» messagers ?

» — C'est Ferdoncy, l'amour
» du sultan Mahmoud.

» — Cherchez - le parmi les
» morts; ses yeux ne s'ouvrent
» plus à l'astre du jour, l'aurore a
» salué ce matin les cyprès fraî-
» chement plantés sur sa tombe,
» les souffles du soir, en murmu-
» rant dans le feuillage, disent
» plaintivement que Mahmoud l'a
» oublié.

» Les messagers consternés po-
» sent aux pieds de la fille de Fer-
» doncy leur précieuse charge, et
» la supplient d'en agréer l'hom-
» mage. Elle s'incline modestement
» et dit avec l'accent de la tris-
» tesse : L'or ni les trésors ne ré-
» jouissent plus mon cœur; la vie
» de mon père a été détruite dans
» sa fleur ; méconnu, il s'est vu

» consumer de chagrin. Je ne veux
» rien devoir à celui qui l'a mé-
» connu; j'aime à mourir pauvre
» comme mon père ! ».

A mesure que Mélica lisait, sa
voix si touchante s'affaiblissait par
degrés, ses larmes la suffoquaient,
et il était aisé de voir que son cœur
trop sensible faisait un douloureux
rapprochement entre la destinée
de la fille de Ferdoncy et la sienne.
Enfin, lorsque le chant plaintif de
l'Homère persan fut achevé, Mélica
ne pouvant plus cacher son émotion, se précipita en pleurant sur le
sein paternel, et s'écria : Oui, j'ai-
merai à mourir pauvre comme
mon père !

Belle Mélica, reprit Gustave en
s'approchant du père et de la fille,

plus heureuse que la jeune compagne de l'exilé persan , vous joui-
rez du triomphe de votre père , et
vous verrez le noble Ambrosio remonter au faîte des grandeurs d'où
il n'aurait jamais dû descendre.

Je n'ose espérer, dit Mélica, que
le jour de la justice luise enfin pour
mon père , le roi....

Ma fille , interrompit Ambrosio ,
votre amour pour moi vous entraîne
trop loin, et pourrait même nous
être funeste à tous les deux.

Mon père , que craignez-vous ?
le sensible Charles n'est-il pas notre
ami ?

— Enfant du malheur et de la
proscription , défie-toi des appa-
rences , elles sont si trompeuses.

Quoi ! s'écria le comte de Norlis,
vous croiriez l'homme auquel votre

pieuse générosité sauva la vie, capable de troubler votre repos ?

Avant de vous répondre, reprit Ambrosio d'un air solennel, dites-moi si en retour du service que j'eus le bonheur de vous rendre, vous consentirez à être sincère avec moi ?

— Pouvez-vous en douter ?

— Eh bien ! répondez franchement : cette boîte que je trouvai hier sur le sommet d'une roche vous appartient-elle ? et Ambrosio présenta au jeune comte le portrait voilé.

En le reconnaissant, Gustave resta interdit et hésita un instant à répondre. Ambrosio répéta sa demande d'une voix plus sévère. Mélica était pâle, tremblante ; Gustave témoin de son effroi et du mécontentement d'Ambrosio, ne savait que répondre. Enfin, surmontant son trouble, il dit d'une voix mal assurée : Je possède cette boîte; mais elle ne m'appartient pas.

— Savez-vous ce qu'elle contient ?

— Un portrait de femme.

— L'avez-vous vue ?

— Elle est voilée.

— Savez-vous qui cette peinture représente ?

— La belle Mélica.

— Vous vous trompez ou vous cherchez à m'en imposer, car ce n'est pas elle.

— Je le croyais.

— Encore une question : de qui tenez-vous ce portrait ?

— Du duc de Mandoff.

— Savez-vous dans quelle intention il vous l'a remis?

— Espérant qu'il pourrait me servir à l'aider dans une entreprise chère à son cœur.

Et vous avez pu, M. Médavy, s'écria douloureusement Mélica, vous unir à notre persécuteur pour aggraver les tourmens du généreux Ambrosio ! Oubliez-vous qu'il fut votre ange tutélaire aux jours de l'infortune ?

— Belle Mélica, rendez plus de justice à mes sentimens ; je révère le noble Ambrosio, j'adore sa charmante fille, je connais les motifs qui dirigent la conduite du duc de Mandoff, et je crois travailler à notre bonheur à tous en secondant ses bienfaisans projets.

Il m'importe fort peu, reprit

Ambrosio, que le farouche Arnoldy connaisse enfin le tourment des remords ; nos destinées n'ont rien de commun , tout est fini désormais pour moi, et je ne demande au maître que j'ai si long-tems servi que repos et oubli ; quant à vous , Charles , désormais mes soins vous sont inutiles, et je crois que votre devoir est de rejoindre le plutôt possible la France votre patrie.

Je ne puis me résoudre à m'éloigner , répondit Gustave , sans vous avoir ouvert mon ame toute entière ; je vous cache un secret important.

— Je crois l'avoir deviné trop tard, peut-être hélas ! pour le repos de ce que j'ai de plus cher ; mais assez à tems pour son honneur.

— Cruel Ambrosio , vous enfoncez le poignard du regret dans mon cœur.

— En effet, jeune homme, je vous crois faible, mais non perfide.

— Daignez m'entendre.

— Que pourriez-vous me dire?

— Des choses utiles à votre bonheur.

— Il n'en est plus pour moi sur la terre.

— J'ai besoin que votre confiance précède la mienne. Daignez m'instruire du secret de vos malheurs.

— Demandez - le au roi de Naples.

— Le duc de Mandoff n'a-t-il pas contribué à augmenter vos maux ?

★★

— Ce n'est pas à son agent ou à son émissaire que je puis répondre.

— Consentez seulement à entendre l'aveu que je dois vous faire d'un secret bien important pour moi.

—Charles, ne voulant pas vous donner ma confiance, je ne désire pas la vôtre.

— Après m'avoir entendu, je ne doute pas que vous ne consentiez enfin à m'ouvrir votre ame toute entière.

— Ne vous en flattez pas : je vous tromperais si je vous le laissais croire.

—Daignerez-vous m'écouter ?

— Faites tous les préparatifs de votre départ, et au moment de nos derniers adieux peut-être consentirai-je à lire dans votre ame.

— Je parts pour Salanches, afin d'obéir à vos ordres; à mon retour, seul et sans témoins, je vous révélerai la véritable situation de celui que vous avez daigné accueillir sans le connaître.

— Vous étiez mon semblable : homme, blessé, malheureux, qu'avais-je besoin d'en savoir davantage?

— Votre pieuse hospitalité, en me sauvant la vie, vous rendra au bonheur.

— Jeune homme, ne prononcez plus ici ce nom, étranger depuis bien long-tems à mon oreille et à mon cœur; parlez-moi du repos de la tombe, et jamais de la félicité de la terre.

— Vous la recouvrerez, c'est moi qui vous l'assure; demain je

n'aurai plus de secrets pour vous,
demain vous apprendrez à connaître les ressorts merveilleux et
cachés d'une providence miséri-
cordieuse qui conduit l'homme de
bien à travers les sentiers pénibles
de l'infortune, pour mieux lui apprendre à connaître le prix du
bonheur.

Ambrosio secoua la tête tristement, et ne répondit rien. Mélica
se plaça devant son chevalet, et
Gustave, le cœur fort triste, s'occupa lentement des préparatifs de
son départ.

CHAPITRE VI.

Arrivé à Salanches, Gustave y
trouva de nouvelles lettres du duc
de Mandoff.

Celui-ci, impatient et soupçonneux, s'allarmait du retard apporté
au plus cher de ses désirs, et accu-
sait le comte de Norlis de perdre
en ménagemens inutiles des jours
précieux ; il sollicitait Gustave de
lui envoyer sans délai les images
réunies du père et de la fille, afin
de pouvoir s'assurer si les habitans
de la chaumière du Montauvert

étaient les fugitifs qu'il désirait retrouver.

M. de Norlis n'avait pas besoin
de nouveaux ordres de son oncle
pour se déterminer à presser l'instant qui devait soulever à ses yeux
inquiets le voile qui lui cachait le
sort de Mélica et de son père ; aussi
impatient que le ministre napolitain lui-même, Gustave, animé
par un autre sentiment non moins
fort que celui qui dirigeait le duc
de Mandoff, le passionné Gustave
se hâta de terminer les affaires qui
l'avaient conduit à Salanches, et
après une longue nuit d'attente, il
reprit au point du jour la route du
Montanvert.

En arrivant sur le sommet de la
roche, il entendit sonner l'heure à
laquelle Ambrosio et Mélica avaient

l'habitude de quitter leur rustique habitation pour venir respirer l'air pur et frais du matin.

Bien sûr de les trouver sous leur mélèse favori, le jeune comte dirige sa course vers le site pittoresque où tant de fois il a tressé des guirlandes et formé des couronnes pour la fille de l'exilé. Mais en arrivant sous l'arbre antique témoin discret de son innocent bonheur, Gustave s'aperçoit que l'écho de la montagne répète seul le nom de Mélica : Ambrosio et sa jeune compagne n'y sont point encore rendus.

Le comte de Norlis, triste de leur absence, n'en est pas inquiet. Pour calmer une pénible attente, Gustave prend ses crayons et perfectionne la copie d'un charmant

tableau qu'il destine au duc de
Mandoff. Pour calmer l'impatience
de son oncle et la sienne, M. de
Norlis a dessiné la chaumière du
Montanvert, avec les sites pitto-
resques qui l'environnent. La douce
Mélica, le triste Ambrosio et le
voyageur blessé y sont représentés
avec les couleurs les plus vraies;
la fille du fugitif travaille à ses
agrestes travaux, et le fil d'Arachné
glisse rapidement dans ses belles
mains, tandis que l'italien semble
faire à ses jeunes amis une lecture
de l'Eschyle anglais. Le livre est
ouvert et posé sur une table rustique, éclairée par le pin résineux
de la montagne, et Ambrosio paraît vouloir les faire méditer profondément sur cette sentence de

Schakespeare , *l'homme n'a pas de plus cruel ennemi-que l'homme.*

La figure de Gustave exprime que son cœur repousse cette vé-rité , que la triste expérience ne lui a pas encore révélée.

Le sujet de cette composition charmait les longues heures de l'at-tente, et en traçant son image ché-rie, Gustave oubliait presque l'ab-sence prolongée de Mélica, lors-qu'enfin , lassé de ne voir paraître ni le père ni la fille, Gustave quitta son mélèse chéri et ses pinceaux magiques pour se rendre à la chaumière.

Le sort en est jeté , se dit-il en secret , aujourd'hui même je vais connaître les mystères du cœur de cet impénétrable italien ; pourquoi,

hélas ! une trop grande timidité a-
t-elle retenu pendant si long-tems
la vérité captive sur mes lèvres ? il
saurait actuellement mon vrai nom,
l'immense et glorieux héritage que
m'ont transmis mes aïeux, les liens
qui m'attachent au duc de Mandoff,
ainsi que les projets généreux du
meilleur des hommes. Devais-je
balancer si long-tems à être sincère?
ne tiens-je pas entre mes mains le
signal du salut du père de Mélica?
Proscrits, errans et malheureux,
je rendrais à ces objets si chers à
mon cœur une patrie, un rang,
la félicité qu'ils n'auraient jamais
dû perdre !... O jour trois fois heureux ! je te salue avec ivresse ; ta
première aurore va éclairer l'union
de deux tendres amans. Douce et
naïve Mélica, dans l'innocence de

les pensées virginales, tu donnas ton cœur à l'obscur élève des beaux arts, sans songer à la distance immense qui séparait la fille des héros du peintre errant. Quelle douce surprise aujourd'hui pour toi d'apprendre que l'orgueil lui-même sera forcé d'applaudir à ton choix, et que l'amant de ton cœur fera la gloire de ta vie!... A cet instant même tu pourras sans rougir entendre un doux aveu, et recevoir sans effroi les vœux de mon amour.

Enhardi par l'espérance de son propre bonheur, M. de Norlis franchit rapidement la distance qui le sépare de la chaumière. Il y arrive ; ô surprise ! ô douleur ! elle est déserte ; Ambrosio et sa fille ont disparu : la nourrice de

Mélica habite seule ce rustique séjour, qui pendant si long-tems servit d'asyle à la vertu.

Confondu, désespéré d'une fuite dont rien n'a pu lui donner la moindre idée, Gustave redoute un malheur encore plus grand peut-être que l'absence, et il demande en frémissant à la bonne Marinna où peut être l'enfant de ses soins. Hélas ! M. Charles, répondit la nourrice de Mélica en pleurant, j'ai bien du chagrin de vous voir si pâle et si désespéré ; mais je commence à voir que le seigneur Ambrosio avait bien raison, lors-qu'il disait hier, en partant, que vous étiez amoureux comme un fou de ma jeune et belle signora.

Oui, s'écria le jeune comte avec l'accent du plus cruel désespoir, oui je l'adore, et malheur à celui qui tenterait de me la ravir.... Fût-elle au bout du monde, son cruel père l'eût-il enseveli dans les entrailles de la terre ou dans l'épaisseur des forêts inaccessibles jusqu'à ce jour à l'œil des hommes, celui d'un amant saura y pénétrer. J'adore Mélica ; je suis sûr d'en être aimé ; elle est à moi par le pouvoir de ses bienfaits, et je jure par celui de mon amour que je la retrouverai.

Ne l'espérez pas, reprit Marinna ; le seigneur Ambrosio a un trop grand intérêt à vous séparer.

— Lequel ?

— Amant de sa fille et ami du duc de Mandoff, sous ces deux titres il doit vous fuir.

— Est-ce un crime d'adorer Mélica ?

— C'est un malheur bien grand ; car sa main est promise.

— Se pourrait-il, grand dieu ! Quel est mon rival ?

— Le plus beau et le moins aimable des seigneurs de l'Italie.

— Son nom ?

— C'est un secret qui ne doit jamais sortir de mon sein.

— Mélica, douce et chère Mélica, je me serais abusé ! Ton cœur sensible aurait connu l'amour avant d'avoir vu le passionné Gustave !...

— Bon ! vous ne vous appelez plus Charles ; et ce nom de Médavy, le quitterez-vous aussi ?

—Sans doute ; mais, bonne Marinna, dites-moi, je vous en conjure, cet italien.....

— Ne fut jamais aimé de Mélica ; il lui était indifférent avant de vous connaître ; jugez actuellement.

— Chère Marinna, que je suis heureux !

— Hélas ! que vous servira d'être aimé de la plus belle des femmes ? vous n'en êtes pas moins séparé sans retour.

— Je ne puis le croire. Ambrosio....

— Sera inflexible ; il a juré que sa fille épouserait l'homme de son choix, et Mélica ne sut jamais qu'obéir à son père.

—Elle ne connaissait pas encore l'amour.

— Il pourra la tuer, mais non la faire manquer à ses devoirs.

— Grand dieu ! quel avenir et pour elle et pour moi !

— Il est sans espérance comme sans adoucissement ; partez, quittez des lieux où vous avez tout perdu, et laissez-moi seule ici avec l'image de celle que je ne dois peut-être jamais revoir non plus.

— Avant de vous quitter pour chercher Mélica, je veux vous instruire de mon vrai nom, de mes projets, de mes tant douces espérances.

— Je n'ai besoin de rien savoir : Mélica, pour vous aimer, vous demanda-t-elle votre rang et vos titres ? Ce fut à l'obscur Charles que mon enfant donna son cœur. Restez Charles pour moi, et désormais je ne séparerai plus dans mon souvenir Mélica et le peintre du Montanvert.

— Bonne Marinna, encore un mot ; où dois-je espérer de retrouver Mélica ?

— J'ignore quelle contrée le signor Ambrosio a choisie pour asyle. Un serviteur fidèle, seul ami que l'infortune lui ait laissé, veille sur le sort de mon maître, et lui a procuré une retraite aussi sûre que mystérieuse.

— Et vous ignorez....

— Mélica elle-même est partie sans savoir où son malheureux père la conduisait.

— Douce victime du devoir ! Ainsi tu fuyais un amant adoré sans prévoir le terme d'une cruelle séparation !....

—Elle ne peut en avoir d'autre que celui de l'existence. Le comte Ambrosio vous a condamné, ainsi que sa fille, au malheur de vous aimer sans espérance.....

— Je ne perds pas celle de retrouver Mélica : le pouvoir nous sépare, l'amour nous réunira.

— M. Charles, quels sont vos projets ?

—Je pars pour Naples, instruire le duc de Mandoff de la pénible réussite de ses bienfaisantes démarches, et ensuite j'emploierai mon triste loisir à chercher Ambrosio ainsi que sa fille.

— Permettez - vous au zèle le plus tendre de vous donner un conseil ?

— O Marinna ! parlez, je vous écoute.

— Cachez avec soin au duc de Mandoff que vous aimez la fille du signor Ambrosio, et si jamais vous parvenez à découvrir l'asyle mystérieux de ma chère Mélica, perdez plutôt la vie que d'instruire le premier ministre d'un secret si important pour lui.

—Mon oncle... je veux dire le duc de Mandoff, ne brûle de retrouver Ambrosio que pour lui faire rendre sa patrie, ses grandeurs et ses richesses.

— Croyez-en mon expérience. Je ne puis vous révéler aucun des secrets du noble Ambrosio; mais si l'honneur et la vie du père de Mélica vous sont chers, vous garderez sur lui avec le duc de Mandoff un éternel silence.

— Comment? il faudra lui cacher mon amour et ma douleur ?

— Sans doute, et joindre au tourment de la dissimulation celui peut-être encore plus grand de surveiller avec soin les démarches du duc de Mandoff : elles vont toutes tendre à un même but, celui de ressaisir la proie qui lui est échappée. Gardez-vous bien de lui en laisser le pouvoir, le seigneur Ambrosio serait perdu sans retour.

— Le duc de Mandoff aimerait-il la fille de l'exilé ?

— Le farouche Arnoldy ne connut jamais les sentimens doux et tendres qui font le bonheur des autres hommes ; né pour haïr et non pour aimer, le duc de Mandoff est cruel par instinct comme par goût.

— Affreux portrait, je ne puis

croire à ta ressemblance : bonne
Marinna, on vous a trompée sur
le caractère du ministre.

— Puissiez-vous, Monsieur,
n'en faire jamais la triste expérience ! En attendant, suivez mes
conseils, et défiez-vous du duc de
Mandoff.

— Je vais être à même de l'observer : Marinna, je vous promets
de me conduire avec prudence.

— Adieu, M. Charles; que le
ciel vous protège, et qu'il vous
réunisse pour toujours à ma chère
Mélica; voilà mon unique vœu.

— J'espère qu'il sera exaucé; je
ne puis croire qu'un destin impi-
toyable me sépare sans retour de
l'objet charmant que j'idolâtre.

— N'oubliez pas que la douce
Mélica est promise à un autre.

— Je la disputerais à son souverain lui-même.

— Partez, partez, les momens sont chers; le duc de Mandoff va apprendre que ses victimes se sont soustraites par une nouvelle fuite à la rigueur du sort que sa haine leur préparait, je n'aurai de repos que lorsque je vous saurai à Naples auprès de notre persécuteur.

— J'y vole, et sans approuver les craintes injurieuses que vous avez sur la conduite du duc de Mandoff, je vous promets de le surveiller si bien qu'il ne pourra former un projet, ni concerter un plan que je n'en sois instruit, et s'il osait s'armer de son pouvoir pour accabler l'innocence, malheur à lui ainsi qu'à ses vils complices

En achevant ces derniers mots

Gustave se hâta de reprendre la
route de Salanches, après avoir reçu les adieux et toutes les bénédictions de la fidèle Marinna.

————

CHAPITRE VII.

J E n'essaierai pas de peindre ici tous les sentimens qui agitèrent M. de Norlis en quittant les gla- ciers de la Suisse pour prendre la route de l'Italie. L'amour, l'espoir, la crainte, la fureur, l'abattement, la confiance, se succédaient tour à tour et rapidement dans son ame; quelquefois il se croyait séparé pour jamais de la belle Mélica, et la difficulté qu'il entrevoyait à se réunir à elle, jetait Gustave dans le désespoir. Le plus souvent l'espérance, cette compagne fidèle de l'homme malheureux, la douce espérance, avec ses crayons magiques, lui dessinait dans l'avenir une riante perspective. Il voyait Ambrosio replacé par ses soins au faîte des grandeurs ; la possession de la belle Mélica devenait la récompense de ses sollicitudes, et Gustave, heureux amant, tendre époux, fils respectueux, père vigilant, n'avait plus de vœux à former.

En se berçant ainsi d'agréables chimères, le comte de Norlis, plus souvent consolé qu'inquiet, arriva sans accident à Naples, dans le somptueux palais des ducs de Mandoff.

L'entrevue du fier Arnoldy avec son neveu fut plus solennelle que tendre ; le duc de Mandoff, même

**

dans son intimité, ne déposait jamais la gravité ministérielle. Toujours sérieux et point confiant, Arnoldy parlait peu, s'occupait beaucoup, mais rarement du bonheur ou du chagrin de ceux qui l'entouraient ; tout entier au devoir de sa place, les hommes étrangers à la politique n'étaient rien pour lui; non seulement il les dédaignait, mais il ne s'apercevait même pas de leur présence : subjuguer son maître, supplanter ses rivaux, persécuter ses ennemis, et conserver son pouvoir, telles étaient les uniques occupations et les seules pensées du duc de Mandoff; aussi, si l'arrivée de Gustave n'avait pas été liée à un intérêt bien puissant pour Arnoldy, le premier aurait reçu de son oncle

un accueil bien plus froid; mais
le comte de Norlis pouvait servir
les desseins du ministre, et le ministre, souple par intérêt, crut
faire beaucoup pour Gustave, en
le traitant avec une imposante dignité.

Lorsque la foule de courtisans
qui entourait le ministre se fut dis-
persée, le duc de Mandoff conduisit
Gustave dans son petit salon d'hi-
ver, et après lui avoir fait signe de
s'asseoir sur une ottomane, il se
plaça près de lui, et fixant sur le
comte de Norlis un regard scruta-
teur, il lui dit avec emphase : Eh
bien ! noble Gustave, venez-vous
m'apprendre la réussite de mes
généreux projets? Ambrosio s'est-il
fait connaître à vous ? Habite-t-il
toujours la chaumière du Montan-

vert? Avez-vous trouvé en lui le proscrit que je cherche, et mieux éclairé sur mes véritables projets, consent-il enfin à se livrer à ma foi?

Seigneur, répondit modestement Gustave, au moment où j'allais obtenir un aveu nécessaire à vos projets, Ambrosio a fui secrètement avec sa fille. J'ignore le lieu de leur retraite, aussi bien que les motifs de ce prompt départ.

O ciel! s'écria le duc de Mandoff avec impétuosité, il n'est donc que trop vrai, c'était lui! Ambrosio! grand dieu! mon cœur ne m'avait pas trompé. Gustave, où est le portrait de cet homme, celui de sa fille? Je vous les ai envoyés tous les deux. Pourquoi ne m'avoir pas

obéi, en me donnant plus tôt les
détails que je vous ai demandés ?
Gustave, vous avez mis à servir
ma cause une lenteur qui me ferait
soupçonner....

M. le duc, reprit Gustave avec
une noble dignité, pour vous servir comme je l'aurais voulu, un
obstacle s'est rencontré. Vous me
parlez de deux portraits qui de-
vaient me servir à reconnaître le
proscrit et sa fille ; je n'en reçus
jamais qu'un, et le voici. En achevant ces mots, le comte de Norlis
présenta au ministre le portrait
voilé.

Le duc y jeta un cœup-d'œil et
poussa un cri terrible.

Vous paraissez surpris, seigneur,
lui dit Gustave.

Arnoldy, sans écouter M. de

Norlis, se leva précipitamment, ouvrit avec vivacité un bureau de laques, brisa une serrure à secret, et resta confondu en voyant un petit tiroir vide ; alors, frappant du pied avec fureur , il s'écria d'une voix de tonnerre : Perfide Léodgard ! c'est toi qui m'as trahi ; tremble, insensé ! l'idole que ton lâche cœur me préfère tombera avec toi dans l'abîme creusé sous tes pas !...

Gustave, confondu de cette scène extraordinaire , ne sachant que penser , gardait un profond silence. Le duc se promena long-tems sans rien dire ; mais enfin, s'approchant du comte de Norlis, il lui dit avec une feinte douceur : Je ne suis plus surpris, mon cher Gustave, s'il vous a été impossible, malgré tous vos efforts, de seconder mes généreux projets ; la boîte que je vous destinais a été soustraite, à ce que je vois, par une main inconnue, et aux portraits qu'elle renfermait on a substitué celui-ci, qui ne pouvait rien vous apprendre. J'ignore ce que sont devenus ceux que j'aurais tant d'intérêt à retrouver. Au reste, j'espère que le coupable ne se dérobera pas long-tems à mes recherches ; le vaste coup-d'œil du politique découvre ce qui échappe à l'homme privé. Quant à vous, Gustave, la découverte de l'échange qui a été fait me prouve que, privé des moyens de me servir, vous n'avez pu faire mieux.

Quel moyen, reprit Gustave,

allez-vous avoir pour éclaircir vos soupçons sur Ambrosio ?

— C'est mon secret et celui de l'état ; si vous voulez que je vous fasse connaître ceux de mon cœur, prêtez-moi, Gustave, une oreille attentive.

Vous savez que je suis le chef de l'illustre famille des ducs de Mandoff, et que votre mère, ainsi qu'un jeune frère que j'ai perdu, en était la seule espérance.

Floretta, en s'unissant bien jeune au comte de Norlis, votre père, emporta dans sa nouvelle patrie nos vœux et nos regrets. Julianno, resté seul avec moi dans le vaste palais où vous êtes maintenant, s'éloigna par degrés d'un frère qu'il aurait dû regarder comme son mentor et son appui. Une union imprudente qu'il contracta en irritant mon père, le força à maudire le dernier fruit de son hymen. Pour comble d'infortune, la compagne de Julianno mourut en donnant le jour à un fils dont je me déclarai à cet instant le protecteur, et qui fut nommé Léodgard. Mon frère, accablé par le courroux de l'auteur de ses jours, et par la mort de Constantia, ne put résister à tant d'assauts : il mourut dans mes bras, en me recommandant à son heure dernière le petit Léodgard. Je jurai, sursa couche funèbre, de protéger l'orphelin qui n'avait plus que moi pour appui.

Mon père, mécontent de cette promesse, s'arma en vain de son courroux et de son autorité pour me la faire trahir. Je résistai; je fis

élever avec soin l'enfant de Julianno et de Constantia : j'étais
alors moi-même époux et père.
Ne mettant point de bornes à mes
projets généreux, je formai en mon
cœur le dessein d'unir un jour
Léodgard avec la jeune Olympia ,
seul gage que le ciel m'eût encore
donné de mon hymen avec l'héritière de l'illustre maison des Bar-
barinny.

Des évènemens dont le récit
vous intéresserait fort peu, ren-
versèrent un projet si désintéressé.
Olympia eut une autre destinée que
celle que mes vœux demandaient
au ciel pour elle; j'ai perdu cet
enfant adoré ainsi que sa mère.
Léodgard me restait seul; mais
Léodgard est un perfide , sans reconnaissance , sans vertu, sans

générosité. Il oublie que mes bienfaits seuls l'ont tiré de l'opprobre
auquel la haine de son ayeul semblait devoir le condamner. Abusant
de mes propres bienfaits, il perce
le cœur sensible qui lui servit de
refuge ; mais c'en est trop : Léodgard n'abusera pas plus long-tems
de ma tendresse, ou plutôt de mon
aveuglement pour lui ; désormais,
convaincu de ses crimes et de mon
malheur, j'abandonne l'ingrat qui
m'outrage, et je le déshérite sans
retour. C'est vous, Gustave, que
j'ai choisi pour le remplacer près
de moi ; j'adopte l'enfant de Floretta, et je maudis celui de Julianno.

Ah ! seigneur, interrompit le
comte de Norlis avec effroi, ré-
tractez, je vous en conjure, une

*

malédiction terrible; laissez-moi
le tems de connaître Léodgard;
je tâcherai de gagner sa confiance,
je l'éclairerai sur ses véritables intérêts, je lui parlerai tour à tour
le langage de la vertu et celui de
l'honneur; n'en doutez pas, le fils
de Julianno sera sensible aux ins-
tances et aux prières du fils de
Floretta.

Vous le voulez, généreux Gustave, reprit le duc de Maudoff,
eh bien! j'y consens. Voyez Léodgard, tentez un noble effort pour
ramener cette ame farouche aux
lois si douces que ma tendresse
veut loi imposer; mais si Léodgard est toujours inflexible, pro-
mettez-moi de consentir alors à
remplacer l'ingrat qui m'offense
dans le cœur qu'il a percé.

J'augure mieux de mon jeune parent, reprit le comte de Norlis; mais daignez, seigneur, me faire connaître où je pourrai trouver le comte de Mandoff, ainsi que ce que vous voulez que je lui dise de votre part.

Vous avez raison, répondit le ministre d'un air embarrassé; je vous dois encore quelques détails; il m'est pénible de vous les donner, parce qu'ils vous instruiront d'un acte de rigueur pénible à mon ame généreuse, mais que je me suis vu forcé de faire : Léodgard en cet instant est prisonnier dans une des tours de l'antique château d'Arnoldy, situé à quelques lieues de Naples, sur les bords de la mer.

Léodgard est prisonnier par

votre ordre , répéta Gustave avec épouvante !

Jeune homme, interrompit le duc avec un air sévère, s'il y a dans ma conduite toujours juste quelque chose que votre inexpérience condamne, je vous prie de me cacher à l'avenir un mécontentement que je ne pourrais regarder que comme un manque de respect. Léodgard est coupable : je devais le punir; je consens, s'il répare ses fautes, à oublier sa désobéissance : votre romanesque pitié pour un ingrat doit être satisfaite.

Quelles sont les lois que vous imposez à votre élève, reprit Gustave, en retour de sa liberté ?

—Qu'il consente à épouser Thé-
lamire, et à se réconcilier sincè-
rement avec le comte d'Orimo; à
ce prix, mes biens, ma protection et ma tendresse lui seront
rendus.

— Quel terme fixez-vous à son
incertitude ?

— Dans trois jours il ne sera plus
tems de fléchir ma rigueur.

— Ordonnez - vous que j'aille
trouver sans délai le captif d'Arnoldy ?

Tout est prêt pour ce petit
voyage ; hâtez-vous, les momens
nous sont chers, et il m'en coûte
infiniment de punir, lorsque mon
cœur trop faible voudrait n'avoir
qu'à pardonner.

Gustave, en s'inclinant, promit

au duc de Mandoff de hâter, le plus qu'il lui serait possible, l'instant où il ramènerait dans ses bras un élève soumis et reconnaissant.

CHAPITRE VIII.

Quoiqu'a peine reposé des fatigues d'un long voyage, le comte de Norlis, empressé de consoler un parent malheureux, se hâta de prendre la route du château d'Arnoldy. Le trajet court et facile parut cependant bien long à l'impatience généreuse de Gustave, qui aurait voulu pouvoir aborder promptement un malheureux, afin de briser ses chaînes.

En arrivant au château d'Arnoldy, Gustave fut affecté péniblement de la triste situation de cette

gothique forteresse, destinée à soutenir des siéges dans les tems malheureux des guerres civiles. On y
voyait encore les traces des combats qui s'étaient livrés dans son
enceinte. Ses sombres tours, éle-
vées jusqu'aux nues, ses créneaux
antiques, son énorme pont-levis,
ses fossés bourbeux et sa platte-
forme, encore hérissée du signe
tonnant des batailles, tout attristait
les yeux, et rien ne consolait le
cœur.

Introduit dans la vaste salle
d'armes du château, M. de Norlis
présenta au concierge du sombre
manoir une lettre du duc de Mandoff. Bartholo surpris, mais non
déconcerté, lut avec calme les
ordres de son maître, et, se tour-
nant ensuite vers Gustave, il lui

demanda s'il désirait être conduit sans délai auprès de son captif. Sur la réponse affirmative de M. de Norlis, Bartholo ouvrit devant Gustave plusieurs portes massives, qui ne semblaient pas avoir roulé sur leurs gonds depuis plus de cent ans, et, après avoir parcouru plusieurs détours obscurs, le concierge et M. de Norlis arrivèrent auprès d'une porte pratiquée dans une des tours du château. Bartholo s'arrêta, et, fixant Gustave d'un air assez extraordinaire, il lui demanda s'il se sentait le courage d'exposer sa vie pour obéir aux désirs du duc de Mandoff.

Une telle question me paraît bien étrange, répondit Gustave; sans doute mon oncle n'aura pas

ordonné qu'on renfermât son captif dans une prison inacccessible ?

Cette tour ne l'est pas non plus,
reprit Bartholo : du côté du jardin
l'escalier est en bon état. Mais monseigneur, après avoir conduit ici
le signor Léodgard, a emporté avec
lui la clef de cette porte, et la seule
que je puisse ouvrir est placée au
milieu des décombres d'un escalier
en ruines; personne n'ose y monter; moi même, craignant pour ma
vie, j'ai attaché une corde à laquelle je suspends le panier qui
renferme les provisions nécessaires
au soutien de l'existence de mon
prisonnier. Voyez plutôt, Monsieur, par vous-même, et jugez de
la vérité de mon récit.

En achevant ce discours, Bar-
t holo ouvrit la porte et laissa voir

au comte de Norlis un escalier en spirales , dont les marches renversées n'offraient ni appui ni solidité ; des pierres même de la voûte , ébranlée par l'humidité , venaient à chaque instant assaillir le voyageur téméraire qui cherchait à braver les dangers.

Le comte de Norlis, malgré la folie de l'entreprise , résolut de s'engager dans les obscurs détours du périlleux labyrinthe ; mais à peine avait-il eu franchi la moitié des marches de l'escalier , qu'il aperçut, avec une surprise mêlée d'indignation, le geolier de Léodgard qui fuyait avec une incroyable vélocité. Marchant au milieu des décombres avec autant d'adresse que de précaution, Gustave voulut, mais inutilement, suivre ses traces ; Bartholo , plus prompt que l'éclair, disparut, et le bruit d'une porte fermée avec violence apprit au malheureux Gustave qu'il était prisonnier dans ce triste séjour, avant même qu'il pût s'opposer à l'indigne trahison de Bartholo. Seul au milieu des ténèbres et parmi les ruines, M. de Norlis sentit un moment son courage près de l'abandonner; mais en apercevant près de lui la lanterne sourde destinée à guider ses pas, et que Bartholo avait oublié d'emporter, Gustave, moins malheureux, saisit le flambeau, qui lui parut en ce moment le signal du salut, et bien persuadé qu'il était inutile de revenir sur ses pas, puisque Bartholo avait fermé sur lui la seule issue qui pût le ramener dans le château, notre héros s'enfonça, non sans répugnance, mais avec précaution , dans les vastes et sombres détours dont il ignorait le but comme le terme.

Après avoir marché long-tems dans une galerie souterraine aussi vaste que solitaire, Gustave s'imagina tout à coup avoir entendu des gémissemens plaintifs. Surpris sans être effrayé, il s'arrêta, tira son épée, se plaça devant un des piliers qui servaient à soutenir la voûte, et demanda d'une voix forte: Y a-t-il dans ce sombre asyle des infortunés qui implorent le secours de mon bras? Un silence morne succéda au retentissement prolongé sous les voûtes des accens énergiques de l'aventureux chevalier. N'entendant plus rien , M. de Norlis continua tristement sa marche ; il arriva dans une espèce de salle, dans le milieu de laquelle venaient aboutir plusieurs rou'es : où devaient-elles conduire, et laquelle devait choisir Gustave ? C'est ce qu'il ne pouvait savoir....

Dans le moment où il réfléchissait à la singularité de son aventure , M. de Norlis vit entrer tout à coup dans la salle où il était une femme vêtue de noir ; sa tête était couverte d'un grand voile blanc surmonté d'une couronne de fleurs des champs ; le choix de ces fleurs, l'attitude et la tournure de cette femme, tout rappelait le sujet du portrait voilé qui avait fait tant d'impression sur le cœur de M. de Norlis. Au bras de l'inconnue était placé un bracelet semblable à celui qui ornait le bras de la bergère du tableau. Confondu de cette mysté-

rieuse apparition , M. de Norlis
se disposait à s'avancer vers la
dame voilée, pour lui demander les
moyens de sortir de son ténébreux
séjour , lorsque l'inconnue, apercevant Gustave , tomba subitement
à genoux , en s'écriant d'une voix
douloureuse : Ombre de Léodgard,
ne m'appelle pas dans le sombre
séjour que je n'aie revu une fois,
une seule fois , celui dont l'amour
devait m'être si funeste....

Infortunée , répondit Gustave ,
qui êtes-vous , et quels sont les
barbares qui ont enseveli dans ce
sombre séjour tant de jeunesse, de
grâces, et sans doute de beauté ?...

Oui , reprit la dame voilée, on
disait autrefois que j'étais belle ;
désormais personne ne verra les
traits qui ont su plaire au maître

**

de ma destinée ; je le lui ai promis ,
et Olympia ne sut jamais manquer
à sa parole.

En achevant ces mots, l'infortunée serrait avec force contre son
sein palpitant le voile qui cachait
ses traits.

Au nom d'Olympia, M. de Nor-
lis tressaillit ; seriez-vous, dit-il ,
la fille du duc de Mandolf, cette
Olympia tendrement chérie ?...

Arrêtez , dit l'inconnue ; ne ré-
pétez pas sous ces voûtes ce nom ,
ce nom qui retentit sans cesse à
mon oreille épouvantée. Léodgard
ne le nommera plus désormais, car
le froid de la mort..... Dites-moi ,
voyageur du pays des ombres ,
avez-vous vu l'assassin de Léodgard ?

— Quoi !.... l'infortuné....

— Il a péri victime de sa pitié pour des malheureux : il n'y a pas une heure que son assassin était devant moi ; il fuyait avec vîtesse : l'insensé ne sait donc pas qu'on retrouve sa conscience par-tout....

— Qui a donc pu trancher les jours d'un homme sans défense ?

— Demandez-le au persécuteur de ma vie ; mais vous qui paraissez jeune et heureux , qui vous a conduit dans l'asyle de la douleur ?

— La trahison....

— Quoi ! déja vous connaissez la méchanceté humaine ? alors voulez-vous que je sois votre sœur ? Oh ! dites-moi que vous le voulez bien ! car mon cœur a besoin de n'être plus seul sur la terre. En achevant ces mots d'un ton douloureux, la triste Olympia tendit une main suppliante à l'homme qu'elle voyait pour la première fois.

M. de Norlis, qui s'aperçut que la douleur avait entièrement bouleversé la raison de la jeune prisonnière, ému de pitié, d'attendrissement et de respect, mit devant elle un genoux en terre et lui dit: J'accepte avec transport l'adoption touchante que vous m'offrez: oui, douce et déplorable victime du malheur, je vous jure tendresse, protection, appui et dévouement.

Olympia, charmée de l'action de M. de Norlis, le contempla un moment à genoux devant elle ; puis joignant ses belles mains et les élevant vers le ciel, elle dit avec amertume : Inconnu qui m'adopte , as-tu le pouvoir de me tirer d'ici ? Autrement ta vue m'aurait fait plus de mal que de bien. Oui, par pitié, tire-moi d'ici; car ma raison fuit souvent loin de moi : les glaces du malheur se sont amoncelées sur ma tête et sur mon cœur; je sens que j'ai besoin du beau soleil de mon heureuse patrie pour vivre encore quelques heures.

Cette prière touchante, qu'il n'avait pas l'espérance d'exaucer, produisit sur le cœur sensible de M. de Norlis une impression de désespoir impossible à décrire. Le plus généreux, le meilleur des hommes, se trouvait chargé du soin de veiller sur une infortunée privée de sa raison, et il ne voyait aucun moyen de la soustraire à l'horrible sort qui était son partage à lui-même. Désespéré, sans ressource et sans projet, Gustave, les yeux tristement fixés vers la terre, pria tout bas le père des infortunés de venir au secours de sa compagne. Tandis que son cœur était déchiré, Olympia effeuillait les bluets de sa guirlande et murmurait doucement un chant d'amour. En la voyant redevenue tout à coup si paisible, Gustave crut que le ciel avait exaucé une partie de ses vœux : le désespoir semblait avoir fui du cœur d'Olympia; celui de Gustave se rouvrit au calme.

Voyant sa jeune compagne occupée à détruire les fleurs de sa guirlande, M. de Norlis fit quelques pas hors de la salle souterraine, toujours préoccupé du désir et de l'espérance de trouver une issue qui pût le conduire sur les bords de la mer.

CHAPITRE IX.

La route que Gustave se disposait à suivre étant différente
de celle qu'il avait déjà parcou-
rue, il se flattait de parvenir
enfin à l'objet de ses démarches,
lorsqu'il vit à ses pieds quelque
chose qui brillait. Le cœur palpitant de joie et d'espérance, il se
baissa et vit une tablette d'or sur laquelle étaient tracés des caractères
en italien : quel fut le bonheur de
M. de Norlis en lisant les lignes
suivantes ?

Malheureuse Olympia, en me
dérobant au sort qui m'est réservé

dans ma patrie , je n'oublie pas que ,
jeune , innocente et vertueuse , vous
gémissez sans appui dans ce séjour
de mort ; si je pouvais vous déli-
vrer........; mais les instans sont
comptés ; si j'en perds un , l'écha-
faud réclamera sa victime ; je fuis
donc , et , en passant près de vous ,
je songe avec désespoir que je ne
puis vous proposer de suivre mon
sort sans exposer vos jours , en
même tems que je donnerais lieu de
soupçonner cette vertu qui vous est
si chère. J'ai commis un meurtre
affreux : Léodgard de Mandoff n'est
plus , et je proposerais à sa parente
de fuir appuyée sur le bras de son
meurtrier ! c'est impossible...........
Je passe bien près du cachot où gé-
mit la vertu ; si vous avez le courage de tenter quelqu'effort pour

votre délivrance , et que cet avis salutaire tombe entre vos mains , suivez toujours tout droit la route qui
est à votre gauche ; de distance en
distance la pierre du témoignage ,
si chère au peuple hébreu, s'élè-
vera devant vous ; qu'elle guide fi-
dèlement vos pas : la porte de fer
donnant dans la grotte de coquillages restera ouverte par mes soins.
Parvenue dans cet asyle mystérieux,
un déguisement de pèlerin espagnol
sera placé sous un monceau de pierres.
Quand les ténèbres de la nuit favo-
riseront votre fuite , venez à Naples
demander un asyle à votre fidèle nourrice Dosithée Bianca. Que le ciel
vous protège , ó vous touchante et
malheureuse victime d'un monstre !
Priez-le pour moi, afin qu'il me par-
donne le crime affreux que je viens

de commettre en assassinant le comte Léodgard de Mandoff.

Pendant la lecture de cette longue lettre, M. de Norlis éprouva tour à tour les angoisses de la crainte et les douces émotions de l'espérance. Sûr enfin de trouver une issue pour sortir de l'antre de la mort, et ne doutant pas que les avis salutaires qui venaient de tomber entre ses mains n'eussent été tracés par le meurtrier de Léodgard, Gustave serra dans son sein la lettre du mystérieux inconnu, décidé à ne pas la faire voir à Olympia, qu'il était résolu de sauver sans l'instruire des ressources inespérées que la providence lui avait envoyées.

De retour près d'elle, M. de Norlis trouva Olympia debout et très inquiète d'une absence qu'elle avait trouvée d'autant plus longue que Gustave l'avait laissée dans les plus profondes ténèbres. En revoyant l'unique appui qu'elle eût sur la terre, l'infortunée poussa un cri de joie, le seul qui lui fût échappé depuis long-tems, et elle se plaignit doucement à M. de Norlis d'un abandon subit qui lui avait fait craindre un moment de se retrouver encore une fois seule dans le séjour du malheur.

Gustave, ému jusqu'aux larmes d'une douleur si douce et si résignée, prit la main de celle que son cœur adoptait, et, la conduisant avec précaution hors de la salle, il lui offrit son bras.

Où me menez-vous, demanda

Olympia avec l'accent d'une tendre confiance ?

Revoir ce beau soleil de Naples, dont vous m'avez dit tout à l'heure avoir tant de besoin, reprit Gus-tave.

Est-il bien vrai ? Ne me trompez-vous pas, demanda encore Olym-pia ?

Non, Madame; nous marchons dans la route de la délivrance, répondit M. de Norlis.

Ah ! tant mieux, ajouta la douce captive; ce soleil, levé sur mon berceau, éclairera donc la tombe où je marche si rapidement. Vous-même, ami fidèle, qui me fûtes donné dans le malheur, vous me déposerez dans ce dernier asyle; vous m'y couvrirez des fleurs dont il aimait à me couronner; ensuite,

vous irez le chercher au banquet
du plaisir, et vous lui direz de répandre sur ma beauté flétrie avant
l'âge ces larmes d'amour qui avaient
tant de pouvoir sur mon cœur.
Hélas! elles m'ont fait tout oublier,
tout, excepté l'honneur. Oui, noble
étranger, continua Olympia, en
élevant la voix avec l'accent de
l'exaltation, vous pourrez enla-
cer à ma couronne funèbre les
lis de la pudeur, les roses de la
jeunesse, les myrtes de l'amour,
et les cyprès de la tombe.

Gustave, étonné de l'accent har-
monieux de la voix d'Olympia,
sentit s'élever dans son ame un
sentiment de respect, de douleur
et de pitié impossible à décrire.
Ce mélange de passions, de dé-
cence et de noble fierté, aurait pu

produire sur M. de Norlis une impression dangereuse, si son cœur
avait été encore libre ; mais l'amant
de Mélica, digne fils des nobles
chevaliers, avait aussi pour dévise
ces mots chers à tout loyal preux
des siècles héroïques :

Les honorer toutes, n'en servir
qu'une.

CHAPITRE X.

Monsieur de Norlis, le cœur ému de joie, d'espérance et de pitié, conduisit avec les plus tendres précautions l'infortunée Olympia au milieu des sombres détours des souterrains d'Arnoldy. Suivant les avis de leur protecteur inconnu, la pierre du témoignage, placée de distance en distance, servit à guider nos voyageurs dans le labyrinthe où la haine les avait enfermés.

Grâce aux précautions prises

pour la sûreté d'Olympia , Gustave
et sa compagne parvinrent sans
obstacle à la porte de fer restée
ouverte , comme M. de Norlis l'es-
pérait. Une fois dans la grotte de
coquillages, Gustave présenta le déguisement espagnol à sa jeune compagne , en lui représentant doucement de quelle importance il était
pour eux de fuir le plutôt possible le château d'Arnoldy.

Sans répondre une seule parole ,
Olympia jetta loin d'elle le voile
qui cachait ses traits, ainsi que les
débris de sa couronne. L'astre des
nuits sortant alors des nuages obscurs qui dérobaient sa lumière aux
regards des mortels, permit à M. de
Norlis de contempler la beauté touchante dont il était en cet instant
l'unique protecteur.

Si Mélica n'eût pas été connue du tendre comte de Norlis, Olympia lui eût apparu comme la plus belle et la plus touchante des femmes. La douce mélancolie de ses yeux bleus, l'éblouissante blancheur de son teint, l'élégance de ses formes aëriennes et l'harmonie de sa voix, rien ne peut exprimer le charme répandu par la nature (prodigue quelquefois de ses dons) sur cette victime du malheur.

Lorsque la compagne de voyage de M. de Norlis eut fini de cacher se taille élégante sous le costume épais d'un moine espagnol, elle tendit avec grâce une main tremblante à son guide, et lui dit : Généreux étranger, en quels lieux allez-vous conduire mes pas ?

A Naples, répondit Gustave.

— A Naples, grand dieu ! vou-
driez-vous me livrer à mes ennemis ?

— Affreuse pensée.... Malheureuse Olympia, connaissez-vous
Dosithée ?

— Oui : si je la connais ! Elle me
reçut dans ses bras lors de mon
entrée dans la vie.

— Eh bien ! c'est à ses soins
consolateurs que je vais vous remettre.

— Partons, partons, généreux
libérateur de la triste Olympia,
vous lui rendez la vie.

En achevant ces mots, Olympia
se précipita hors de la grotte.

Gustave, revêtu aussi d'un manteau espagnol, guida les pas de sa
jeune compagne ; la nuit favorisant
leur fuite et l'exaltation doublant

les forces de la victime du duc de Mandoff, nos voyageurs nocturnes eurent bientôt perdu de vue les go-thiques tours de la forteresse d'Ar-noldy. Aucune rencontre ni aucun incident ne troublèrent la marche du libérateur d'Olympia , qui, pro-fitant du calme répandu sur tous les traits de sa jeune compagne , hasarda de lui faire quelques ques-tions.

Y avait-il long-tems , Madame , lui dit-il, que vous étiez renfermée dans le souterrain où je vous vis ?

Quelques heures, répondit Olym-pia.

Comment , reprit M. de Norlis avec surprise , quelques heures seulement ?

— Ah ! noble étranger , vous ne savez pas, dieu veuille que vous

ne sachiez jamais combien celles
de la douleur sont longues !

— Oserais-je vous demander où
vous habitiez avant ?

— Prisonnière au château d'Arnoldy, j'étais renfermée dans la
tour de l'orient.

— Depuis long-tems ?

A cette demande, Olympia retira son bras de celui de son con-
ducteur, et portant ses deux mains
à son front, un évènement, dit-
elle, qui m'a fait bien du mal, a
tout confondu, bouleversé dans
ma tête; depuis que je n'entends
plus la voix de celui que je ne dois
pas nommer, chaque heure me paraît un jour, chaque jour une
année, et chaque année un siècle.

— Vous fûtes donc plusieurs an-
nées captive dans le château que
nous fuyons ?

— Oh oui! du moins je le crois.

— Y étiez-vous bien traitée?

— Bartholo me donnait volontiers les fleurs que je lui demandais; il m'était permis, comme aux jours de mon bonheur, de porter celles dont il aimait autrefois à me couronner.

— Qui, lui?

— Chut! ne le nommez pas, on nous punirait tous les deux, et séparés peut-être pour jamais, ô mon dieu!... Et l'infortunée, saisie d'une terreur douloureuse, poussa un cri lamentable que l'écho des rochers répéta au loin.

Le sensible Gustave, au désespoir d'avoir, par des questions indiscrètes, rendu Olympia au souvenir de ses maux, reprit son bras, l'entraîna doucement, et lui parla

affectueusement de Dosithée Bianca. Le nom de sa nourrice parut
faire une heureuse diversion aux
tristes pensées d'Olympia ; elle re-
devint calme, tranquille , et le reste
du voyage de M. de Norlis se fit
sans aucune interruption fàcheuse.

———————

CHAPITRE XI.

Nos voyageurs arrivèrent heureusement à Naples.

Le premier soin de Gustave fut
de conduire Olympia chez la bonne
Dosithée, qui pensa mourir de joie
en voyant l'enfant de ses soins,
mais qui versa bientôt des larmes
de douleur, en s'apercevant de
l'égarement de son esprit, et du
délire de son imagination.

Elle s'occupa bien vite du soin
de faire venir un médecin habile

sur le zèle et la discrétion duquel on pût compter.

Le généreux Gustave promit en secret à Bianca de pourvoir à tous les frais de la maladie, et après lui avoir donné une magnifique preuve de l'intérêt que lui inspirait la triste situation d'Olympia, il laissa Dosithée libre de pouvoir s'occuper uniquement de celle qui avait tant besoin de secours ainsi que de pitié.

Après être sorti de la modeste retraite du pauvre, M. de Norlis tourna ses pas vers la magnifique demeure d'un grand de la terre. En arrivant à la porte du palais de Mandoff, Gustave apprit avec autant de surprise que de mécontentement l'absence du duc. Ses gens dirent à M. de Norlis qu'au point du jour M. de Mandoff était parti dans une voiture de voyage, et que personne dans le palais n'avait pu savoir le motif, le lieu et la durée de l'absence de monseigneur.

A force de questions, M. de Norlis parvint cependant à découvrir que si l'éloignement du duc de Mandoff de la cour de Naples se prolongeait au-delà du terme ordinaire de ses voyages, le duc d'Orimo, ministre du roi comme lui, en saurait la cause et le terme.

Satisfait de tenir au moins un leger fil qui pùt servir à diriger ses pas dans le labyrinthe inextricable de la conduite d'un diplomate, Gustave, après avoir donné quelques heures à un repos bien nécessaire dans sa situation, retourna chez Dosithée pour avoir des nouvelles de son intéressante malade.

Notre héros trouva la bonne Bianca
plus tranquille : l'esculape napolitain l'avait entièrement rassurée
sur l'état physique d'Olympia , et
donnait de l'espérance pour l'état
moral. M. de Norlis, partageant l'il-
lusion flatteuse de sa nourrice , résolut de profiter du repos que son
sommeil procurait à Bianca, afin de
l'interroger sur les causes des malheurs et de l'emprisonnement de
la jeune italienne.

Bianca , en écoutant les questions du comte de Norlis , versa
des larmes et lui répondit :

J'ignore , Monsieur , la plus
grande et la plus intéressante partie
des aventures de la signora Olympia ; tout ce que j'en ai appris, c'est
que l'infortunée fut victime de

l'amour, de la haine et de l'ambition.

— Le duc de Mandoff serait-il
son ennemi?

— Le plus cruel.

— Saviez-vous qu'elle fût prisonnière dans son château?

— Non, Monsieur, je la croyais
morte depuis long-tems.

— Combien y a-t-il qu'elle disparut de Naples?

— Trois ans.

— Le duc de Mandoff fut-il accusé de cet enlèvement?

— Personne ne le soupçonna.

— Y eut-il quelqu'un d'accusé
de cette mort?

— Oui, malheureusement.

— On fit donc des recherches
sur le sort d'Olympia?

— De très-étendues, mais elles
furent infructueuses.

— Qui les fit faire?

— Une personne d'un haut rang, qui était la plus intéressée à découvrir ce que pouvait être devenue la signora Olympia.

— Pense-t-elle encore à cette infortunée?

— Je ne le crois pas.

— Quelle fut l'opinion la plus générale sur la destinée d'Olympia?

— A la cour, à la ville, tout le monde est persuadé qu'elle a été assassinée.

— Pensez-vous que si elle recouvre l'usage entier de sa raison, elle veuille reparaître dans le monde?

— Je ne le crois pas. Il faudrait pour cela compromettre l'auteur

de tous ses maux , et sa victime est
trop généreuse.

— C'est le duc de Mandoff?

— Oui , Monsieur.

— Le barbare !.. Par quel motif
a-t-il pu tourmenter ainsi la beauté ,
les grâces et la jeunesse ?

— Il avait sans doute des raisons
importantes : actuellement même ,
s'il pouvait deviner que la signora
Olympia s'est réfugiée dans mon
obscure retraite, il viendrait, j'en
suis sûre , l'arracher de mes bras.

— Il n'y réussirait qu'en m'ôtant
la vie.

— Ah ! Monsieur, de grâce ,
laissez - lui ignorer à jamais que
vous aviez découvert une partie de
ses crimes ; il y ajouterait celui de
vous immoler.

— Le duc de Mandoff a quitté Naples.

— Puisse-t-il n'y revenir jamais, pourvu toutefois qu'il n'ait pas encore été faire en d'autres lieux de nouvelles victimes.

— Il est donc bien cruel ?

— Contemplez la belle Olympia, voyez cette raison chef-d'œuvre du créateur détruite peut-être sans retour, cette beauté flétrie dans les larmes, cette jeunesse consumée de douleurs, ces membres délicats chargés de fers ; en un mot, voyez tous ses tourmens, et dites-vous : Ils sont l'ouvrage du duc de Mandoff !

O ciel ! reprit le comte de Norlis avec amertume, le duc de Mandoff, mon parent, celui que je croyais

la gloire et l'appui de notre maison :
le monstre !..

— Un jour peut-être ses autres
crimes vous seront dévoilés.

— Celui que nous avons sous
nos yeux suffit pour l'accuser...
Adieu, Bianca, soignez sa victime :
j'espère ne pas mourir sans la voir
heureuse et tranquille.

Bianca répandit quelques larmes
et M. de Norlis la quitta, empor-
tant les vœux de la reconnaissance
et les bénédictions du malheur consolé.

Pendant plusieurs jours, Gustave vint exactement chez Bianca,
pour savoir des nouvelles de l'inté-
ressant objet de ses soins, et chaque fois la bonne Dosithée le ras-
surait sur la santé d'Olympia.

Au milieu de ses occupations, le comte de Norlis ne perdait pas de vue le voyage de son oncle Vainement il s'informait au palais du duc de Mandoff du sort de son possesseur, personne ne pouvait ou ne voulait donner au comte de Norlis de renseignemens positifs sur l'époque fixée pour le retour du duc.

Ennuyé d'attendre inutilement son oncle, M. de Norlis se rendit auprès du duc d'Orimo. Ce dernier ignorait comme tout le monde les raisons et la durée de l'absence de son collègue au ministère, et ne put par conséquent satisfaire d'aucune manière la juste impatience de Gustave, qui, n'espérant plus découvrir ce qu'était devenu le duc de Mandoff, ni percer l'obscurité qui environnait sa conduite, ne savait plus quel parti prendre, lorsqu'un évènement imprévu vint changer le sort de M. de Norlis.

Un jour, en sortant de l'asyle mystérieux d'Olympia, un étranger enveloppé d'un manteau, son chapeau rabattu sur ses yeux de manière à cacher entièrement ses traits, remit à Gustave un billet à son adresse, et au moment où notre héros cherchait à reconnaître l'écriture, l'étranger disparut.

Resté seul, M. de Norlis ouvrit le billet avec empressement et lut ce qui suit :

Un danger affreux menace Mélica et son pere ; le duc de Mandoff, leur plus implacable ennemi, est près de les atteindre. Il en est tems encore, volez au secours de la plus belle des femmes : soyez tranquille sur le sort d'Olympia : un sentiment actif et pur veille sur ses jours ; rendez-vous au Montanvert et vous y trouverez le bonheur, en même tems que vous sauverez l'aimable objet du plus tendre amour.

CHAPITRE XII.

La lecture de cette lettre jeta
M. de Norlis dans une perplexité
terrible ; les avis qu'elle renfermait
lui étaient-ils donnés par un ami
ou par un ennemi ? La bienfaisance
ou la méchanceté les avait-elle
dictés ? C'est ce que Gustave ne
pouvait deviner.

Ne connaissant personne dans
Naples, étranger dans cette superbe ville, sans protecteur et sans
appui, la haine ou la jalousie ne

*

pouvait-elle pas lui tendre un piège en voulant l'éloigner d'Olympia ?

D'un autre côté, Ambrosio ne lui a-t-il pas déclaré que le duc de Mandoff est son plus cruel persécuteur ?

L'absence extraordinaire d'Arnoldy, la fuite soudaine d'Ambrosio du Montanvert, l'assassinat de Léodgard, tout ne dit-il pas au tendre Gustave qu'un grand danger menace Mélica et son père ?

Après beaucoup d'alternatives, de confiance et d'alarmes, M. de Norlis, inquiet et tourmenté du parti qu'il devait prendre, résolut d'ouvrir son cœur à Dosithée. Cette femme, née dans une classe distinguée de la société, avait reçu une fort bonne éducation ; l'esprit naturel dont elle était douée, joint à

l'habitude de la réflexion que donne
la terrible leçon du malheur, avait
rendu Dosithée Bianca digne d'être
le conseil et l'amie des personnes
que son indigence seule mettait
au-dessus d'elle.

Gustave avait eu bientôt deviné
le secret de la situation de Dosithée. Supérieur aux préjugés ordi-
naires des personnes de son rang,
il ne dédaigna point de consulter
celle qu'il ne rougissait pas d'esti-
mer.

En voyant le billet adressé au
comte de Norlis, l'impénétrable
Bianca laissa échapper malgré elle
un mouvement de surprise qui ne
fut pas perdu pour Gustave.

Signora, lui dit-il, vous connaissez la personne qui m'a écrit?

— Oui, M. le comte.

—Puis-je accorder ma confiance à l'auteur d'un écrit anonyme?

— Je vous en conjure.

— Nommez-le-moi.

— Je ne le puis.

— Connaît-il Mélica?

— Beaucoup.

— Lui est-il dévoué?

— N'en doutez pas.

— Son conseil?

— Est celui d'un ami.

— Dois-je partir sans avoir revu mon oncle?

— Le duc de Mandoff poursuit Mélica; il est près de l'atteindre, et vous balancez à rejoindre pour la défendre celle qui n'a plus que vous pour protecteur et pour appui.

— Que deviendra Olympia?

— Je réponds de sa sûreté, de son courage et de sa résignation;

d'ailleurs, elle connaît Mélica :
que dis-je ? elle la chérit comme
une sœur, et n'ignorant pas le danger qui menace les jours du proscrit napolitain, elle donnerait le
reste de sa vie pour sauver celle
du père de Mélica.

— Douces et malheureuses victimes! Ah! Dosithée, combien elles
me sont chères toutes les deux,
et combien je hais leur oppres-
seur!

En achevant ces derniers mots,
il se rendit près d'Olympia; il vit
sur sa céleste figure la trace des
maux qu'elle avait soufferts; il soupira, et, craignant un sort aussi
cruel pour sa chère Mélica, il s'arracha en gémissant de l'asyle de
toutes les douleurs pour aller pré-
server, s'il était possible, la fille

d'Ambrosio des atteintes de la haine.

Cependant, malgré son horreur pour les crimes du duc de Mandoff, le comte de Norlis, voulant excuser à ses yeux la bizarrerie d'un brusque départ et l'irrégularité de sa conduite, écrivit au farouche Arnoldy, afin de l'instruire de l'itinéraire de son voyage, auquel il donnait un prétexte assez plausible pour ne pas inspirer au duc de Mandoff la crainte d'avoir été deviné.

Ce devoir une fois rempli, Gustave, obéissant à la voix inconnue qu'il avait prise pour guide, abandonna la belle Parthenope et ses superbes édifices, pour diriger ses pas vers la cabane agreste et sauvage du Montanvert.

CHAPITRE XIII.

LE voyage du comte de Norlis se
fit avec rapidité ; mais il n'eut pas le
succès qu'il en attendait. En arrivant au Montanvert, il trouva la
chaumière d'Ambrosio fermée ; la
bonne Marinna même n'y était plus,
et aucun des voisins de la cabane
ne put indiquer au malheureux
Gustave ce qu'étaient devenus les
objets de ses sollicitudes. S'apercevant alors, mais trop tard, qu'il
avait été la dupe et la victime d'un
conseil perfide, donné à dessein par

une personne intéressé e sans doute
à l'éloigner de Naples, ainsi que
d'Olympia, notre héros, accablé de
regret, de chagrins et d'inquiétude,
prit la résolution de retourner à
Naples, afin de surveiller la conduite de Dosithée Bianca, dont il
commençait à suspecter la bonne
foi ; mais une fièvre violente s'étant
emparée tout à coup du malheureux Gustave, il lui fut impossible
d'effectuer ses projets.

Convaincu qu'il avait besoin de
repos, M. de Norlis se décida,
quoiqu'à regret, à séjourner quelques jours à Salanches, et il 'se
rendit à l'auberge où on lui avait
adressé ses lettres dans son précé-
dent voyage. Des soins attentifs,
le zèle d'un bon médecin, et le
calme qui régnait autour de lui,

eurent bientôt rendu à M. de Norlis ses forces et sa santé. Sûr maintenant de pouvoir reprendre sans
obstacle ses premiers projets, notre
héros se disposait à retourner à
Naples, lorsqu'il reçut une lèttre
que le duc de Mandoff lui faisait
remettre par un courrier extraordinaire. Curieux de savoir comment
son oncle traiterait avec lui l'ar-
ticle de la mission dont il l'avait
chargé auprès de Léodgard, M. de
Norlis ouvrit avec empressement
les dépêches du perfide Arnoldy,
et lut avec surprise la lettre suivante :

Le duc de MANDOFF au comte de NORLIS.

*C'est avec la plus profonde indi-
gnation que le roi de Naples a ap-*

pris l'audace que vous avez eue de faire évader du château d'*Arnoldy* un prisonnier d'état qui y était retenu par ses ordres. La fuite de Léodgard et la séduction de Bartholo , vous ont perdu sans retour dans l'esprit d'un monarque qui n'a jamais pardonné la trahison ; sans les bontés du roi pour mes faibles services , et sans les liens qui nous unissent , votre procès aurait été instruit publiquement ; mais Sa Majesté , par égard pour la douleur d'un fidèle sujet , a bien voulu ne vous condamner qu'au bannissement de ses états. Si vous osiez jamais enfreindre ses ordres , et encourir de nouveau sa disgrâce , en revenant dans le territoire des états de Naples , vous aurez tout à redouter de la colère du roi et du

*ressentiment du ministre que votre
odieuse conduite rend désormais
étranger à votre sort.*

LE DUC DE MANDOFF.

Gustave resta confondu de se
voir à la fois accusé, jugé, condamné, banni, et cela pour un
crime dont il était d'autant plus
innocent qu'il n'avait pas même eu
la possibilité de le commettre,
n'étant, à ce qu'il paraissait, arrivé au château d'Arnoldy que plusieurs heures après le meurtre de
Léodgard. Cette accusation odieuse,
qu'il ne pouvait attribuer qu'au
duc de Mandoff lui-même, lui
parut d'autant plus criminelle que
Gustave devina sans peine qu'elle
n'avait été dirigée contre lui par

le duc de Mandoff qu'afin de cacher au roi la mort prématurée de Léodgard.

Le raffinement d'adresse, de cruauté, de présence d'esprit et de vengeance, que le duc de Mandoff avait mis en usage dans cette circonstance, révolta l'ame sensible et généreuse du plus loyal des hommes. Mais bientôt au sentiment d'indignation que la conduite du perfide Arnoldy inspirait au comte de Norlis, se joignit l'inquiétude qu'il ressentait sur le sort de Mélica et de son père. Trompé sur les lieux où on lui avait dit qu'il pourrait les rejoindre, environné de pièges, d'ennemis et de trahison, comment retrouver cet objet adoré, sans lequel Gustave ne pouvait vivre? Quel asyle mystérieux la

dérobait à la fois à la haine du duc
de Mandoff et à l'amour du comte
de Norlis ? Triste, inquiet, affligé,
Gustave ne savait plus où porter
ses pas, ni de quel côté diriger ses
recherches. Le séjour de Naples
lui était interdit, celui du Montanvert lui était pénible par les souvenirs qu'il lui rappelait, sans
pouvoir se flatter d'y revoir jamais
celle qui en faisait le plus bel orne-
ment. Indécis sur le parti qu'il
avait à prendre, ne sachant quelle
route choisir ni quelle contrée visiter, M. de Norlis, battu par tous
les flots d'une inquiète imagination,
se trouvait malheureux en Suisse,
sans avoir le courage d'en sortir,
lorsqu'il reçut de la France une
lettre qui termina toutes ses incer-
titudes. Son intendant lui mandait

qu'un de ses voisins, homme dur
et avare, profitait d'une absence
dont personne ne prévoyait le
terme, pour vexer tous les vassaux de la terre de Vernoix, et
qu'après avoir été leur tyran, il
osait concevoir l'espérance de con-
tinuer à faire impunément leur
malheur par des procès aussi in-
justes que ruineux.

J'ai pénétré ses vues, continait
Wasky, et j'ose assurer que si
monseigneur ne hâte point son retour, rien ne pourra mettre de
bornes à l'insolente avidité de M. de
Volmar.

A la suite de cette lettre, M. de
Norlis trouva les noms de tous les
malheureux que le crédit de M. de
Volmar avait faits.

Le cœur sensible de Gustave fut

vivement affecté des détails que lui donnait Wasky. N'ayant aucun moyen de parvenir à retrouver Mélica, ignorant même dans quelle contrée le malheureux Ambrosio s'était réfugié avec sa fille, devant craindre avec vraisemblance d'être à jamais séparé de celle qu'il adorait, M. de Norlis résolut de ne plus vivre à l'avenir que pour la bienfaisance. Suivant la noble conduite qu'il avait tenue avant de connaître Mélica, son tendre amant se promit bien de consacrer au soulagement de la vertu malheureuse des jours qui ne pouvaient plus être consacrés à l'amour.

**

CHAPITRE XIV.

LE premier soin du comte de Norlis, en se retrouvant au milieu de ses vassaux, fut de s'informer avec soin des motifs qu'avait eus M. de Volmar pour les opprimer, ainsi que des moyens qu'il avait pris pour y réussir.

En le revoyant, chacun oublia ses maux, tout le monde fut consolé ; Gustave lui-même éprouva l'heureuse influence de la bonté. La douce joie que causait son retour calma pour un instant l'inquiétude de l'homme de bien, jouissant lui-même du bonheur qu'il procurait. Aussi long-tems qu'il fut utile aux autres, il oublia les chagrins d'un amour malheureux. Le retour de M. de Norlis eut la plus heureuse influence sur le sort de ses vassaux opprimés. M. de Volmar, en apprenant qu'ils allaient retrouver un protecteur et un père, ne voulant pas s'exposer à des explications fàcheuses avec un jeune homme loyal, brave et courageux, le prudent M. de Volmar, au moment où l'on annonça au château et dans les environs de Vernoix le retour de M. de Norlis, prit la fuite, en prétextant la nécessité d'entreprendre un voyage dont il ignorait lui-même le terme.

Ce ne fut pas sans une vive sa-

tisfaction que M. de Norlis se vit à
l'abri d'être forcé d'avoir une
affaire d'honneur avec un homme
qu'il méprisait. Tranquille désormais sur le sort de ses vassaux,
après avoir réparé les torts et les
injustices de M. de Volmar, séché
les pleurs des malheureux qu'il
avait faits, et rappelé la joie ainsi
que le bonheur autour de lui, le
tendre Gustave ne s'occupa plus
que d'un souvenir trop cher, tenta
de nouveaux efforts pour retrouver
Ambrosio et sa fille. Par son ordre,
Julien, qu'il avait laissé à Lyon,
était retourné à Naples, dont
l'entrée ne lui était pas interdite,
afin d'observer les démarches du
duc de Mandoff et de veiller sur le
sort d'Olympia. D'un autre côté,
Gaspard, son coureur, avait ordre

de parcourir le nord de la France,
tandis que lui-même avait le projet
de visiter le midi, d'après quelques
renseignemens qui lui étaient par-
venus, et qui lui faisaient croire
que ses amis pouvaient bien s'être
réfugiés dans le Languedoc. Un peu
tranquillisé par la précaution qu'il
venait de prendre, M de Norlis se
disposait à parcourir encore une
fois en chevalier errant des pays
nouveaux pour lui, quand un évènement aussi extraordinaire qu'imprévu vint changer son sort, en
rouvrant devant lui la route de
l'espérance, qu'il croyait à jamais
fermée pour son cœur.

Disposé à quitter peut-être pour
long-tems le château de Vernoix,
Gustave ne voulut pas s'éloigner
d'un lieu si cher à son imagination

sans avoir revu l'asyle charmant
où le nom de Mélica lui avait été
prononcé pour la première fois, et
où il avait contemplé le portrait mystérieux qui avait eu une si grande
influence sur son sort. Entraîné
par un sentiment trop cher, M. de
Norlis se rendit donc un matin, dès
l'aube du jour, dans la forêt, qu'il
n'avait pas visitée depuis son retour.
En arrivant auprès du cèdre jadis
témoin de ses vagues rêveries,
Gustave fut bien étonné de voir
son antique écorce entourée de
guirlandes de fleurs. Le banc de
gazon qui régnait circulairement
autour du trône nouveau de ce
roi des forêts en était jonché. Surpris de tant de soins et de recherches, M. de Norlis ne pouvant deviner l'auteur ni le but de si doux

soins , regarda long-tems autour de
lui, pour chercher à découvrir à qui
il était redevable du culte rendu à
son arbre favori ; mais ne voyant
personne , Gustave s'assit en silence , et appuyant sa tête dans sa
main , il se livra sans contrainte
au charme d'une douce rêverie.
Dans ce lieu solitaire il lui semblait
que tout lui parlait de Mélica ,
et pendant quelques minutes son
amant ne crut pas être séparé d'elle
sans retour.

CHAPITRE XV.

LE soleil, en avançant rapidement vers le terme de sa brillante course, avertit M. de Norlis qu'il était tems de quitter le champêtre asyle où il avait retrouvé, non le bonheur, mais le repos. Attristé par l'image d'une longue séparation, ne prévoyant guère le moment du retour, Gustave résolut de laisser un fragile monument de souvenir dans un asyle où tout lui parlait de Mélica. Pour satisfaire ce désir d'un cœur malheureux, M. de

Norlis arracha des fleurs et de la verdure qui croissait autour de lui, afin de s'en servir pour former le chiffre de Mélica uni au sien, lorsqu'en voulant enlever la mousse à ses amours mystérieux, le jeune comte sentit un corps dur qui résistait à ses efforts. Etonné, Gustave regarde. Quelle est sa surprise en écartant les fleurs d'apercevoir la boîte renfermant le portrait voilé! Grand dieu! s'écria M. de Norlis, comment se fait-il que le premier anneau de la chaîne qui me lie à la fille d'Ambrosio se trouve en ces lieux, tandis que je le laissai entre les mains du proscrit de la chaumière du Montanvert? Mélica, douce Mélica, serait-il vrai?....

Au moment où notre héros don-

naît un libre cours à ses conjec-
tures, il vit entrer dans la salle
verte où il était une jeune fille du
village de Vernoix, qui, la tête
baissée, semblait chercher quelque
chose.

Honorine, lui dit le comte de
Norlis, aurais-tu perdu l'anneau
que te donna ton prétendu à la dernière fête du village ?

Non, Monseigneur, reprit en
rougissant la jeune fille ; mais c'est
une belle et bonne dame que j'aime
de tout mon cœur, qui m'envoie
ici pour chercher un joyau qu'elle
y a oublié hier soir.

A ces mots le cœur de Gustave
palpita d'espérance.

Quelle est cette jeune dame, dit-
il à Honorine ?

Celle-ci répondit :

C'est une étrangère que Wasky, l'intendant de Monseigneur, a logée dans le pavillon de la forêt.

— Y a-t-il long-tems qu'elle y est ?

— Depuis deux mois.

— Est-elle seule ?

— On dit qu'elle est avec un vieillard dont elle prend soin.

— Et cette étrangère vient souvent ici ?

— Tous les jours elle y apporte son déjeuner, son ouvrage, et un beau petit morceau de bois avec des cordes dont elle tire des chansons qu'elle chante à faire pleurer.

— Elles sont donc bien tristes ?

— Ah ! je vous en réponds. La jeune dame, quand elle vient seule en chante de bien plus tristes en-

*

core : celles - là je les entends,
parce qu'elles sont en français.

— Eh bien! que disent-elles?

— Qu'elle aime, qu'elle est malheureuse, et qu'elle voudrait bien
revoir avant de mourir le beau
Charles, qui lui a ravi son cœur...
Mais tenez la voilà, qui, s'ennuyant
de ce que je ne reviens pas, cherche elle-même sa boîte.

A ces derniers mots Gustave, le
cœur ému d'amour et d'espérance,
lève la tête et voit Mélica plus
fraîche, plus belle et plus séduisante que jamais.

Pousser un cri et tomber à ses
pieds, tout cela ne fut pour M. de
Norlis que l'affaire d'un instant.
Emue et attendrie en reconnaissant
celui dont l'image séduisante n'était
que trop profondément gravée au
fond de son cœur, Mélica tendit

au prétendu Charles une main
tremblante, en lui disant : Ah !
M. Médavy, quelle surprise pour
mon père et pour moi ! Quand nous
fûmes forcés de quitter le Montauvert en votre absence, qui nous
eût dit que je vous retrouverais
dans les champêtres domaines du
comte de Norlis ?

Belle Mélica, reprit Gustave en
surmontant son trouble, le con-.
naissez-vous ?

— Non, répondit Mélica, il
était absent lorsque Wasky nous
loua le pavillon de la forêt, que
mon père occupe.

— Saviez-vous son retour ?

— Wasky nous l'apprit hier.

— Et vous n'avez pas désiré le
voir ?

— Mon cœur n'est point acces-
sible à la curiosité.

— Cependant, lorsqu'il saura que vous habitez dans ses terres, il désirera vous connaître, et vous ne pourrez refuser sa visite.

— Mon père fera là-dessus tout ce qui lui conviendra, mais il doit être inquiet de mon absence, et je vais me hâter de le rejoindre.

— Permettrez-vous que je vous offre mon bras ?

— Non ; laissez-moi rejoindre seule le père infortuné que le malheur a rendu défiant. Je sais qu'il conserve des préventions contre vous : donnez-moi les moyens et laissez-moi le tems de les détruire.

— C'est au comte de Norlis que le pouvoir est réservé d'éclaircir ma conduite et de justifier mes intentions.

— Quoi ! vous êtes donc amis ?

— Nos intérêts sont les mêmes, et nos destinées aussi.

— Je ne vous entends pas.

— Je le crois sans peine ; mais comme je vois qu'il sera défendu désormais au malheureux Charles Médavy d'avoir le bonheur de vous revoir, obtenez du sévère Ambrosio cette faveur pour le comte de Norlis.

— Et cela suffira au cœur de Charles Médavy ?

— Oui, Madame.

Mélica troublée laissa échapper un soupir ; quelques larmes tombèrent silencieusement sur ses joues, colorées par l'émotion. Oh ! combien ces larmes étaient précieuses pour Gustave ! que cette douleur douce et résignée avait d'empire sur son cœur ! que d'efforts il fut obligé de faire pour ne pas laisser échapper son secret!

Après un instant de silence Mélica reprit : Vous sentez, monsieur Charles, qu'il ne serait pas convenable que ce fût par moi que mon père fût instruit du désir que vous supposez que le comte de Norlis éprouve de nous voir.

— Je sais qu'il a l'intention de solliciter la faveur d'être admis près de vous.

— Wasky lui a donc parlé de notre séjour au pavillon ?

Gustave troublé sentit qu'il allait laisser pénétrer le mystère qu'il voulait cacher à Mélica; il voulut s'éloigner. Mélica le retint. Encore un mot, dit-elle; le comte de Norlis est parent du duc de Mandoff.

Ah! qu'il est loin de lui ressembler, s'écria Gustave vivement.

Je n'en doute pas, dit Mélica, avec un doux sourire, puisqu'il est votre ami. Cependant un seul mot, une indiscrétion, une remarque, peuvent perdre mon père.

Eh! Madame, répondit avec un peu d'impatience le tendre Gustave, que voulez-vous que je puisse dire au comte de Norlis? Sais-je un mot de votre passé, de votre avenir? m'avez-vous appris la cause de vos pleurs et celle de la proscription du respectable Ambrosio? Tout ce que je sais c'est que vous êtes un ange de vertu, de beauté, d'innocence, que je vous adore, et que le comte de Norlis le sait : il approuve un amour qui ne s'éteindra qu'avec ma vie.

En achevant ces mots Gustave
s'éloigna , laissant la belle Mélica
confuse de la vivacité d'une décla-
ration à laquelle son ame naïve
était loin de s'attendre. Ses regards
fixés sur l'homme qu'elle aimait le
suivirent aussi long-tems qu'elle
put l'apercevoir, et lorsqu'elle ne
le vit plus ses yeux le cherchèrent
encore.

Au détour d'une allée tortueuse
qui aboutissait au centre de la forêt , M. de Norlis rencontra Honorine qui venait chercher Mélica de
la part d'Ambrosio. Le jeune comte
défendit en termes exprès à la simple Honorine de dire à Mélica son
vrai nom ; il lui fit une fable assez
vraisemblable sur le prétendu Médavy, et après l'avoir flattée par
les plus séduisantes promesses, et

effrayée par les plus terribles me-
naces, M. de Norlis laissa la petite
paysanne libre de rejoindre Mélica,
et il revint au château de Vernoix
le cœur rempli de la plus douce
espérance.

———————

CHAPITRE XVI.

De retour au château de Vernoix, M. de Norlis fit venir son intendant, pour lui adresser quelques questions sur les habitans du pavillon de la forêt.

Ce fidèle serviteur, qui vit que son maître avait tout découvert, lui avoua qu'il avait profité de l'absence de M. le comte pour donner l'hospitalité à deux de ses compatriotes, persécutés en Italie de la manière la plus injuste.

Et connaissez-vous le nom de ces proscrits, demanda Gustave?

Non pas, reprit l'intendant, ceux sous lesquels ils avaient été connus dans leurs différentes retraites, mais bien celui qu'ils portaient en Italie.

— Et quel est-il?

— Monseigneur, j'ai juré au malheureux Brunetto de ne le révéler à personne.

— Saviez-vous que le duc de Mandoff fût leur persécuteur?

— Oui, M. le comte.

— Comment alors avez-vous eu l'idée de les cacher dans mes terres?

— Je croyais que leur séjour ne serait pas long ; sans la maladie du comte j'aurais choisi à ces infortunés un asile plus solitaire.

—Ecoutez : je désire que vous

alliez de ma part demander à ce
proscrit s'il veut bien consentir à
recevoir la visite du comte de Norlis.

— Monseigneur, songez qu'il
sait que vous êtes le neveu du duc
de Mandoff.

— Croirait-il, et pourriez-vous
croire vous-même que réfugié chez
moi, proscrit et malheureux, ses
jours ne seraient pas en sûreté ?..
Wasky, l'injustice m'irrite, l'afflic-
tion est sacrée pour moi, et celui
qui souffre a bien plus de droits à
mes égards que l'élève et le favori
du plaisir.

Monseigneur est si bon, répondit
Wasky, en baignant des larmes de
l'attendrissement la main que le
jeune comte lui tendait.

Allez, Wasky, reprit Gustave

d'une voix émue, je désire être admis le plutôt possible dans le pavillon de la forêt, et dites à votre
compatriote que s'il ne faut pour
le voir qu'être sensible aux maux
de ses semblables, personne n'est
plus digne que le comte de Norlis
de connaître le secret des infortunes
de celui que vous nommez Brunetto.

Wasky se retira et Gustave resta
seul, dans l'attente du moment important qui devait décider du sort
de sa vie.

Une heure après l'intendant du
comte de Norlis revint, en annon-
çant à son maître que le comte Brunetto consentait à le recevoir, et
qu'il désirait que ce fût promptement, parce qu'il était à la veille

de quitter pour jamais les environs du château de Vernoix.

Gustave, qui éprouvait à son tour un grand désir de connaître enfin son sort, résolut de se présenter sur-le-champ à celui qui en était l'arbitre. Wasky accompagna son jeune maître, et bientôt M. de Norlis fut à la porte du pavillon qui servait d'asyle à la vertu malheureuse.

Introduit auprès du prétendu Brunetto, il le trouva auprès de sa fille, qui chantait une romance italienne. En entendant annoncer le comte de Norlis la lyre que tenait Mélica lui échappa des mains, le comte Brunetto voulut se lever, pour aller au-devant de Gustave, lorsqu'il reconnut en lui le peintre errant du Montanvert.

Le souvenir de Charles Médavy
se liait tellement, dans l'imagination d'Ambrosio, avec celui de la
haine du duc de Mandoff, que sa
victime, en laissant échapper un
profond soupir, s'écria douloureusement, ô ma fille! nous sommes
perdus!

Grand dieu! se pourrait-il? répondit Mélica en jetant sur le prétendu Charles un regard de repro-
che et d'amour.

Noble Ambrosio, interrompit
le comte de Norlis, je vous en sup-
plie, abjurez d'odieuses préventions; croyez que le parent du duc
de Mandoff peut lui appartenir
par les liens du sang et ne pas lui
ressembler.

Si cela est, reprit l'italien avec
aigreur, comment expliquer le mo-

**

tif de votre apparition au Montanvert sous un nom qui n'était pas le
vôtre? Quand on se cache, jeune
homme, ce n'est jamais pour faire
du bien à ses semblables.

— Puisque vous me condamnez
d'un déguisement que je n'employai
que pour vous servir, je n'essaierai
pas de me justifier; cependant je le
pourrais, en vous faisant connaître
les trames employées par le duc de
Mandoff pour me faire entrer dans
son odieux complot.

Mon père, reprit la douce Mélica, il me semble qu'il serait cruel
de condamner l'objet de vos soins
généreux avant de connaître les
motifs qui l'amenèrent dans notre
humble chaumière.

— Tu le veux, fille adorée, j'y
consens, au risque d'être la vic-

time de ma condescendance pour
toi.

— Mon père, pourriez-vous
croire...

Parlez, comte de Norlis, je vous
écoute, dit Ambrosio en se tour-
nant vers Gustave d'un air si noble
et si imposant que ce dernier resta
un moment interdit, comme s'il
eût été coupable ; mais bientôt un
doux regard de Mélica vint rassu-
rer son amant, et lui inspirer le
courage de commencer son apolo-
gie en ces termes :

Madame, et vous seigneur, vous
savez que la famille de mon père
est illustre, celle de la comtesse de
Norlis vous est connue. Je restai
orphelin au berceau, et je perdis
mon tuteur à l'âge où les passions
commencent à faire désirer à la

jeunesse d'être elle-même l'arbitre
de son sort. Je ne pensai pas ainsi :
je sentais le besoin d'un sage con‑
seil, et pour éviter des fautes dont
personne ne m'aurait averti, je
restai dans la solitude.

Mon père m'avait laissé des pos‑
sessions immenses. Je les amélio‑
rai encore; de nombreux indigens
reçurent des secours en recevant
du travail; je formai des ateliers,
j'établis des manufactures, je fon‑
dai un hôpital; j'anéantis la men‑
dicité, je détruisis l'oisiveté, je
consolai le malheur; en un mot,
je fis un peu de bien, quelques
heureux, beaucoup d'ingrats, et
je le fus moi‑même envers ma des‑
tinée; car au sein du repos, de la
vertu et de l'abondance, je finis
par me trouver malheureux. Au

milieu de l'Eden enchanté que je possédais, mes vœux demandaient au ciel une compagne formée pour moi et qui ne fût heureuse qu'avec moi.

Du moment où cette idée, à la fois douce et pénible, se fut emparée de mon ame, je n'eus plus ni présent, ni passé : je ne vécus que dans l'avenir ; mes rêveries me présentaient sans cesse l'image de celle qui devait me faire connaître l'amour. Combien elle était belle la femme que mon cœur se créait ! Parée du double charme de la vertu et de la pudeur, c'était la vierge du Corrège, avec la grâce de la Vénus de Médicis, et la fraîcheur de l'aurore.

Sans doute, interrompit le père de Mélica, prodigue dans vos dons, le moral de votre céleste inconnue devait être aussi parfait?

N'en doutez pas, reprit Gustave; je voulais qu'elle réunît au charme des talens la simplicité de la nature, à la douceur de la sensibilité, la force du courage, à l'austérité de la vertu, la grâce de l'indulgence, à la pitié pour le malheur, le besoin de répandre le bonheur autour d'elle, et à la résignation pour ses propres infortunes, ce désir vague de la félicité qui nous donne la force de vaincre les obstacles qui nous en séparent.

En un mot, Seigneur, j'avais tracé l'image de votre adorable fille avant même d'avoir entendu prononcer son nom; car c'était elle seule qui pouvait réaliser mes chimères, en donnant une exis-

tence au nuage aërien que l'imagination présentait à mes regards :
oui, et il n'appartenait qu'à Mélica de me prouver que l'homme
n'invente pas, lorsqu'il crée le mo-
dèle d'une femme parfaite ; il de-
vine seulemen

Comme M. de Norlis finissait
ces derniers mots, un de ses gens
vint l'avertir qu'un de ses ouvriers,
en travaillant à la toiture du château, venait de tomber; que ce
malheureux n'avait que quelques
momens à vivre, et qu'il désirait
voir son seigneur avant de mourir, afin de lui recommander sa
pauvre famille.

Le comte de Norlis n'avait jamais refusé d'exaucer les vœux
d'aucun infortuné. Dans le moment

où il était heureux près de Mélica , il n'eut pas même le désir
d'ajouter un seul mot au récit qui
avait tant de charmes pour son
cœur, et il se leva.

Ambrosio, touché de l'empressement généreux avec lequel Gustave quittait ses plaisirs pour remplir les devoirs que lui imposait
l'humanité, le sensible Ambrosio
lui prit la main en lui disant : Mon
jeune ami, je ne sais encore rien
des motifs qui vous ont conduit au
Montanvert, et déjà mon cœur vous
justifie ; celui qui, dans l'âge des
passions, quitte du premier mouvement et sans balancer la femme
qu'il aime, pour voler au secours
d'un malheureux qui l'implore,
celui-là ne fut et ne sera jamais
un perfide.

Sage Ambrosio, reprit M. de Norlis, il m'est bien doux d'avoir été justifié par votre noble cœur avant même la justification; j'espère me montrer digne d'une si touchante confiance, et vous prouver par la suite de mon récit qu'on se trompe rarement en jugeant ses semblables d'après soi.

Ambrosio soupira; l'expérience qui flétrit toutes les fleurs du champ de la vie, la triste expérience avait démontré au proscrit napolitain la fausseté de cet adage, inventé par une ame honnête qui n'avait jamais rencontré de méchans.

Le comte de Norlis quitta le pavillon l'ame soulagée d'un grand poids, oubliant tous les maux qu'il avait soufferts, et croyant déjà toucher au bonheur.

Douces illusions d'une ame pure
et neuve, puissiez-vous ne jamais
vous dissiper ! Puisse l'avenir de
Gustave et celui de Mélica répondre à la riante espérance qui
les berce tous les deux.

FIN DU PREMIER VOLUME.

www.ingramcontent.com/pod-product-compliance
Lightning Source LLC
Chambersburg PA
CBHW070850030726
47504CB00005B/1297